KAROL COM K

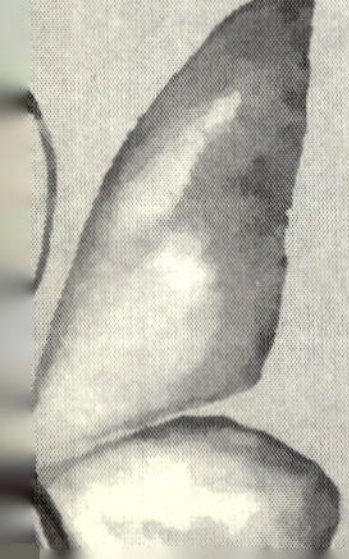

uma aventura de

Edelweis Ritt

KAROL COM K

editora coerência

DIREÇÃO EDITORIAL
Lilian Vaccaro

PRODUÇÃO EDITORIAL
Bianca Gulim

PRODUÇÃO GRÁFICA
Giovanna Vaccaro

REVISÃO
Jadna Alana

CAPA
Mirella Santana

DIAGRAMAÇÃO
Michael Vasconcelos

DADOS INTERNACIONAIS DE CATALOGAÇÃO NA PUBLICAÇÃO (CIP)

Ritt, Edelweis.
Karol com K / Edelweis Ritt. – 1ª edição – São Paulo: Coerência, 2021

ISBN: 978-65-87068-84-8

1. Ficção brasileira 2. Romance 3. Drama I. Título

CDD: 869.3

Grupo Editorial coerência

São Paulo
Avenida Paulista, 326,
cj 84 - Bela Vista
São Paulo | SP – 01.310-902
www.editoracoerencia.com.br

Agradeço às minhas leitoras betas, Lya Galavote, Ane Forcato, Renata Maggessi, Aline Cabral, Fernanda Lourenzi e Francesca Ritt, por toda dedicação e ajuda para tornar este livro ainda melhor. E a Evelyn Haddad, por todo auxílio.

1

Raquel se surpreende

Raquel Pires morava em uma casa de alvenaria cor-de-rosa na área rural do estado de São Paulo. Atrás do prédio, a mata nativa completava o quadro bucólico, o qual se iniciava na propriedade do vizinho, pomposamente intitulada "Alfombra Verde".

Raquel admirava a criatividade do velho Koch, falecido dono da propriedade, na escolha do nome.

Árvores posicionadas de forma aleatória preenchiam o espaço entre as duas propriedades. Sem nenhuma estrutura, plantas altas, como o cedro e o jequitibá branco, misturavam-se aos pés de ingá-mirim e urucum, assim como a ipês que logo pincelariam a mata de amarelo e branco.

Entretanto, na casa cor-de-rosa o jardim era ordenado, com arbustos podados com cuidado como Raquel vira em um filme. As tradicionais roseiras vermelhas delimitavam o terreno, ilustrando o quão comportados eram os moradores daquela casa. As flores e os arbustos sabiam que Raquel não os deixaria sem cuidado.

Aquela casa não comportava descaso nem inço.

O povoado contava com uma grande quantidade de chácaras e ficava a oito quilômetros da cidade, Tatuí, a qual no passado fora conhecida como a capital do Ouro Branco por suas plantações de algodão. Como pouca coisa acontecia por lá, Raquel tratava de saber de tudo. Ocupava-se, em especial, da vida dos vizinhos e da capela, que ficava em frente à casa, do outro lado da estrada e pela qual ela era responsável.

A mulher fazia crochê na varanda, momento estratégico de observar a estradeca vicinal asfaltada e poeirenta para ver quem vinha da cidade de Tatuí para o povoado e vice-versa. Sentava-se ali para preparar toalhinhas ou pegadores de panela de variadas cores, os quais eram vendidos no bazar da igreja com o objetivo de angariar fundos para causas comunitárias.

Era uma tarde de maio, e ela estava terminando uma toalhinha, enquanto seu marido distribuía terra preta no jardim. Tomás Pires era conhecido como o "marido de Raquel" pelo fato de preferir cuidar da chácara e dos animais, mantendo-se afastado da vizinhança, ao contrário da esposa, que se envolvia com a comunidade especialmente em função do trabalho ativo na capela.

No dia anterior, ela ouvira alguém comentar na capela que seu vizinho, Matheus, levaria uma ovelha para o veterinário. Jamais teria ouvido isso do próprio Matheus, o qual raramente falava de sua vida ou de qualquer outra coisa. Assim, Raquel fitava a estrada, esperando que a qualquer momento o velho a cruzasse. No entanto, contrariando a previsão dela, no meio da tarde o Fiat Uno seguiu em direção a Tatuí.

Sozinho.

Claramente não estava levando a ovelha, pois não colocara o reboque.

Para onde estaria indo? Certamente para a cidade, mas o que faria?, perguntou-se.

A curiosidade começou a crepitar dentro de Raquel como folhas secas em um chão de outono. Era raro Matheus sair de Alfombra Verde a não ser para visitas ao veterinário, ela sabia.

Matheus era indecifrável. Na capela, ele nunca conversava muito com os outros homens e o ar sério parecia congelado em seu semblante. Ela abominava sua incapacidade em ler as expressões do vizinho.

Vou até Alfombra Verde levar um prato de rosquinhas de polvilho para Marília e ver o que descubro, decidiu Raquel. *Matheus não parecia ir a algum lugar que demandasse urgência, pois dirigia com o mesmo ar compenetrado de sempre e sem nenhum indício de ansiedade.*

Raquel encheu um prato de rosquinhas, colocou um guardanapo que bordara por cima e seguiu a pé para a casa da vizinha, ponderando se iria ou não presentear Marília com o paninho.

A casa de alvenaria onde os irmãos Koch moravam ficava a menos de trezentos metros da casa dos Pires. O pai de Matheus, tão reservado e trabalhador quanto o filho, construiu-a antes mesmo da existência da estrada asfaltada que passava em frente à residência de Raquel.

Com certeza ele escolheu o local por ser afastado da civilização.

A cerca de arame farpado e o muro que circundavam a área comunicavam de forma ferrenha que os moradores valorizavam sua individualidade. O caminho, perpendicular à estrada principal, era exclusivo para acesso a Alfombra Verde e iniciava-se ao lado do quintal de Raquel.

Não conseguiria viver isolada como um ermitão. Da janela desta casa só se vê mato!, disse a si mesma enquanto caminhava pelo acesso até o mundo de Marília e Matheus. *E é bem esquisito dois irmãos solteirões morando juntos... Isolados dos outros. "Antissociais", foi a palavra que uma moça que veio cantar na capela usou para descrevê-los"*, pensou quando chegou ao pórtico da propriedade.

Ela, que acreditava que pessoas de bem eram casais que constituíam família, às vezes imaginava que deveria ter algum segredo na vida dos dois que ninguém sabia. Algo escandaloso.

Assim que terminou a alameda de palmeiras imperiais, já dentro da área da chácara, pôde ver a casa. O jardim estava perfeito como sempre. Marília mantinha a casa tão limpa quanto o hospital da cidade.

Raquel bateu palmas e aguardou perto da porta dos fundos. A porta francesa de correr que dava para a cozinha estava entreaberta, mas ela esperou que a vizinha a convidasse para entrar, afinal existia pouca intimidade entre elas.

Quando Marília a recebeu, Raquel observou com espanto que a mesa para o café da noite já estava posta para três pessoas. A curiosidade de Raquel só aumentava. Será que algum membro da família iria chegar a Tatuí de ônibus? Faria sentido, com a saída de Matheus com o carro.

— Boa tarde, Raquel — disse Marília, que descascava batatas na bancada da cozinha — Ah! Suas rosquinhas deliciosas? Matheus vai ficar muito feliz. Sente-se! Como vão todos?

Marília era alta e magra, o que, segundo Raquel, que se considerava uma fofinha simpática, dava-lhe um ar austero. O cabelo pincelado com mechas grisalhas estava sempre preso, o rosto, lavado.

Raquel não conseguia imaginar Marília em um salão de beleza.

Ela já havia visto a vizinha sorrir, mas não mais que isso, nem mesmo nos momentos de descontração pós-culto. Normalmente, os irmãos Koch deixavam a capela de imediato e, se acontecesse de estarem no momento das piadas, eles, no máximo, sorriam com acanhamento.

— Todo mundo com saúde. Vi o Matheus passar com o carro lá na estrada e fiquei me perguntando se havia acontecido alguma coisa. Estão todos bem?

Marília olhou para ela com os olhos levemente apertados, de quem já esperava pela pergunta. Ela sabia que Raquel passava todo o dia fazendo suas tarefas da varanda, seus olhos como os de uma garça buscando peixes à beira de um lago.

— Matheus foi à cidade buscar um menino que chega na rodoviária, vindo de Sorocaba. Vamos adotá-lo.

Se Marília tivesse dito que Matheus ia buscar um porco-do-mato para iniciar uma criação, Raquel teria ficado menos perplexa. Era impensável que fosse uma piada. Marília jamais fazia piadas, e seu rosto sério só comprovava a impressão.

— Oh! Que interessante! — Foi o que saiu, uma vez que a notícia a pegou tão de surpresa que ela quase perdeu a fala.

Raquel estava pasma.

Um menino! Adotado! Por dois irmãos solteirões! Ah, aquilo criaria um falatório na pequena comunidade! Mas eles não pareciam preocupados.

Seria caridade? Um filho perdido de Matheus, talvez?, considerou.

Raquel não conseguia imaginar outra explicação para o fato, mas não externou.

— Algum parente? — ousou perguntar.

— Não — respondeu Marília. — Fizemos o cadastro para adoção de uma criança de dez anos e entraram em contato dizendo que havia uma na Casa do Menor de Sorocaba. Matheus já está chegando aos sessenta, e não temos um herdeiro para Alfombra Verde. Sei que adotar pode ser arriscado, pois sabe-se lá as coisas pelas quais esse menino passou. Mesmo assim, achamos um garoto que foi criado nesse lugar, que foi fundado por freiras. Ele deve ter dez ou onze anos, e nos ligaram dizendo que ele chega hoje. Matheus foi até a rodoviária de Tatuí esperá-lo.

Raquel não se conteve e foi direta:

— Olha, Marília, vou te dizer que acho que isso pode ser um tiro no pé. Até perigoso. Adotar é um risco! Você não conhece o menino. E se ele tiver uma índole ruim? Dependendo do que já passou, sabe? Quando era criança, minha mãe contava de um menino adotado que assassinou os pais adotivos. Eu sei que conselho, se fosse bom, ninguém dava de graça, como diria a minha avó. Mesmo assim, pela nossa amizade, eu teria aconselhado a você a não pegar criança para se incomodar. Ainda mais vocês que gostam da vida tranquila.

Marília olhava para Raquel sem ofensa ou alarme. Continuava descascando as batatas com a calma de sempre.

— Até entendo os seus argumentos, Raquel. Eu mesma tive dúvidas a respeito, como já comentei. Mas o Matheus está totalmente decidido, e eu o conheço. Quando está assim não vale uma discussão. É raro ele fazer questão de algo. Assim como você conhece casos que deram errado, conheço vários que deram certo. Tudo tem seu risco, não é? Ficarmos velhos e sozinhos também é um risco. E, como já disse, a criança foi criada em uma instituição fundada por uma freira, sob a proteção de Jesus Cristo.

— Se já está decidido, só me resta torcer para que dê tudo certo — disse Raquel, em tom amuado, lembrando que eles haviam feito um cadastro havia meses e não haviam falado nada. — Mas se o menino colocar fogo na sua casa ou vier a incomodar, não diga que não avisei. Ouvi de um casal que adotou uma menina aqui perto e ela engravidou aos treze anos. Um escândalo!

— Por isso mesmo não quis uma menina — afirmou Marília.
— Oh, que corajosos! Ou altruístas.

Raquel adoraria ficar ali e conhecer o tal órfão, mas como demoraria algumas horas até que Matheus voltasse, resolveu procurar algum vizinho para contar a fofoca.

Para Raquel, a melhor parte nem era saber de alguma novidade, mas disseminá-la. A mera perspectiva da curiosidade no rosto das pessoas liberava dopaminas que a viciavam, similar ao que aconteceria anos depois com a chegada das redes sociais e das "curtidas". Sabia que muitos a recebiam só pelas informações e tinha orgulho de ser a mais bem informada do vilarejo. Sendo assim, foi embora, deixando Marília um tanto aliviada já que ela não queria pensar nas coisas que podiam dar errado.

Depois de decidir, não adianta remoer, pensou.

– Por Deus do céu! – Raquel murmurou a si mesma quando estava na estrada voltando para casa. – Parece uma piada. Não sei de quem tenho pena... Se do menino, que vem para a casa dessas pessoas sem sal nem açúcar, ou deles, que vão ter seu mundo calmo virado de cabeça para baixo. Eles não têm ideia do que é educar uma criança, ainda mais uma entrando na adolescência!

Raquel fez o sinal da cruz e continuou o caminho até o curral para ver se achava Tomás para ter com quem especular todos os cenários.

Se Raquel soubesse como era a criança que estava sentada lá na estação rodoviária já esperando por Matheus naquele exato momento, certamente as especulações seguiriam outro caminho.

2

Matheus se surpreende

Matheus percorreu os oito quilômetros até a cidade de forma tranquila. A estrada era sua conhecida, pois ele já havia feito aquele percurso várias vezes, sempre que precisava de algo da cidade.

Matheus era um homem simples, nascido na região e que não tinha muita vaidade. Seu bigode malcuidado o acompanhara pela vida toda, ou pelo menos desde que se recordava.

Quando chegou à rodoviária, não havia nenhum ônibus estacionado. Uma rápida consulta ao relógio indicou que ele perdera a chegada do veículo por alguns poucos minutos. A não ser por um menino que vendia balas e uma menina sentada sozinha em um dos bancos, a rodoviária estava deserta. Ela estava visivelmente esperando alguém, mas Matheus não se atentou a esse detalhe, porque buscava o menino que levaria para casa.

Matheus atravessou a estação a passos rápidos e perguntou ao atendente se o ônibus de Sorocaba já havia chegado.

— Veio e já foi — respondeu o funcionário da rodoviária. — O senhor veio buscar a menina?

— Não. Vim buscar um menino que vai morar conosco — afirmou Matheus, sem convicção, já se arrependendo de ter dado informações demais. – A moça da instituição me falou que o colocaram no ônibus das duas horas.

– A menina veio no ônibus das duas e disse mesmo que veio da Casa do Menor para morar com uma família aqui do interior de Tatuí. O senhor é de lá? Estamos aguardando um tal de... – Ele baixou a cabeça e leu o nome em um papel. – Sr. Matheus, ou Sra. Marília Koch, para entregar a menina. Ela é de menor e preciso que o senhor se identifique.

– Sou eu – disse Matheus, confuso. – Como já lhe disse, vim buscar um menino! – exclamou, categórico, enquanto olhava para os lados, ainda na esperança de ver o esperado garoto.

– Então fale lá com a garota. Talvez ela saiba de alguma coisa – disse o atendente. – E, já lhe aviso, não dê muita trela porque ela é tagarela – disse, piscando o olho.

A menina veio ao seu encontro, sacola em mãos, assim que ele saiu do prédio. Ela vestia uma camiseta cinza com uma enorme Minnie, e ambas sorriam.

Por que ela veio no ônibus? E disse estar sendo acolhida por uma família daqui do interior. Que coincidência!, pensou. *Mas talvez ela saiba onde está o menino que a Casa do Menor iria embarcar hoje. Deve ter dado algum problema.*

– Oi! O senhor é o Matheus? Você veio da fazenda Alfombra Verde? – disse a garota, sem hesitação, balançando os cabelos encaracolados presos em um rabo de cavalo. – Adorei este nome. A primeira coisa que fiz foi voar no dicionário para descobrir o que significava. Quem teve essa ideia? Foi você?

Matheus sequer teve tempo para responder, pois ela continuou:

– Pensei que tinham me esquecido. – Sorriu. – Ainda bem que você veio! Você tem carro? Estamos a pé? Eu já estava tentando imaginar o que fazer se você não viesse. Pedir ao atendente para ligar para as tias da "Casa"? Ou usar minha sacola de travesseiro e passar a noite no banco da rodoviária? Eu teria ficado aqui esperando você. Ou talvez fizesse o que a tia dissesse ao telefone. Se bem que não sei como ligaria para ela. Enfim... Ainda bem que não tenho mais que decidir.

Então, a garota segurou a mão dele como se esperasse que eles fossem deixar a rodoviária juntos.

Matheus olhou para os lados, ainda tentando entender como se colocara naquela situação. Não podia deixar a menina sozinha ali. Tinha responsabilidade!

O atendente tinha um papel com seu nome para dar a guarda da menina. Ele assinou. Teria de dar um jeito de ligar para a Casa do Menor e perguntar que confusão era aquela. Não havia dúvidas que a menina o aguardava. Ele decidiu que voltaria com ela para casa e discutiria com Marília o que fazer. Marília sempre sabia o que fazer.

— Estacionei ali do lado — disse ele, pegando a sacola da jovenzinha, que parecia leve.

— Pode deixar que levo a sacola — disse ela, cheia de entusiasmo. — Não está pesada. Não tenho muita coisa mesmo. E tenho medo de que a alça rasgue. Esta sacola era de uma das tias da Casa desde que ela era criança, e agora ela me deu, dizendo que traria sorte.

A menina quase ficou sem ar levando a bagagem e, ao mesmo tempo, falando da forma mais rápida que Matheus havia visto em sua vida.

— Estou tão feliz por estar aqui! Desde que as tias falaram fiquei imaginando como seria Tatuí. O que significa esse nome? Você sabe? Eu nunca viajei. Desde que me lembro, estava na Casa. Ah, costumo ficar imaginando como era minha mãe. Que ela era muito educada e tocava piano. Mas sei que não foi assim porque o conselho tutelar me tirou dela quando era pequena.

Dessa vez, esperou alguns segundos e, como Matheus não respondeu, prosseguiu:

— Nem acredito que vou ficar numa fazenda. Tem muitos lugares lá para correr? Insetos? Foi bombásticérrimo quando a tia falou que havia achado uma família para mim. A instituição onde estava não tinha crianças maiores de doze anos, e estou quase no limite, sabe?

O inalar entre cada frase da menina era mais curto do que o da maioria das pessoas que Matheus conhecia.

— Estou louca para conhecer a sua irmã! Não era ruim lá na Casa, mas não dava para fazer muitas coisas, todo o tempo ocupada... Eles têm várias atividades e muitas crianças em uma área limitada. Ter um espaço aberto onde eu possa correr e até subir em árvores parece um sonho! Espero que vocês me permitam, é claro, se não incomodar. Ah, vocês têm galinhas? E pintinhos? Meu Deus, isto é absolutamente estupendo!

Matheus colocou a sacola no porta-malas do carro e seguiram de volta para Alfombra Verde. Quando chegaram ao início da estrada, a garota soltou um intenso suspiro de admiração pela paisagem infinita do cerrado à frente deles. Ela esticava o pequeno corpo para observar a estrada estreita com seu asfalto esburacado e a natureza ao seu redor. Ele, por outro lado, estava apreensivo para o caso de uma pedra saltar e trincar o vidro do carro, mas nem pensou em dizer aquilo a ela. Matheus não costumava falar seus pensamentos para ninguém, nem para Marília. A menina parecia ser exatamente o contrário. Assim, não demorou muito para que ela voltasse a falar. Ele se lembrou do comentário pertinente do atendente sobre o talento dela em não ficar quieta.

— Que campo maravilhoso! Quantos quilômetros será que estamos vendo? Muitos, né? São oito quilômetros até a sua casa? Foi o que a tia disse. Este campo é muito verde. Agora entendo por que vocês botaram esse nome na propriedade. Totalmente de acordo. De quem foi a ideia?

— Do meu pai. E não é uma fazenda; é uma chácara — disse Matheus.

— Vou dizer a ele que é um nome lindo. Uma palavra imponente. Precisei olhar no dicionário. Nossa, o que é aquilo? É uma plantação de milho?! Imensa! Que formidável! Uma das moças lá da Casa me disse que comia o milho no pé e que lhe dava dor de barriga. Acho que ela é de Itu. A comida lá no abrigo não era ruim, mas não havia muita coisa doce. Havia uma nutricionista que fazia um cardápio bem saudável. E todas as minhas roupas são de doação de pessoas da cidade. Meu sonho é comprar uma roupa que eu escolha. Hoje me sentei no ônibus e fiquei imaginando que estava de vestido. Nunca tive um vestido. E algo nos pés que não fosse um tênis ou chinelos de dedo. A tia Clara achou que eu podia enjoar no ônibus e me deu um remédio amargo. Mas não fiquei nem um pouco enjoada. Ainda estou com a sacolinha plástica que ela me deu caso precisasse. Você nem sabe quem é a tia Clara, né? Nossa! É milho que não acaba mais. O que é essa outra planta aí? Feijão? É muita terra. Quem será o dono? Deve ser bem rico, e a filha dele deve ter muitas roupas que ela escolheu. E vestidos. Já estou amando este lugar! Estou muito feliz que será a minha casa. Quantas vezes à noite fiquei na cama imaginando que tinha uma família e me sentava à mesa com meus pais para jantar, em vez de estar junto com um monte de gente sem família. Mas vocês são brancos, as pessoas vão saber que não somos uma família biológica. Não é uma reclamação, não me entenda mal. Agora estou nesta estrada linda, e a terra é vermelha. Você sabe por que a terra daqui é vermelha?

— Hum... Não sei — disse Matheus, encabulado.

— Vou descobrir! Oh, vocês têm enciclopédia? Mas não devem ter biblioteca. Amo bibliotecas! Chego a ficar tonta com tanta informação. Lá na biblioteca da Casa eu ficava imaginando quanto tempo levaria para saber tudo o que está dentro de todos aqueles livros. Estou falando demais? As pessoas sempre dizem que falo demais. O senhor prefere que me cale? Posso ficar quieta. Basta dizer. Eu consigo. Admito que me custa um pouco, mas consigo.

Matheus, inexplicavelmente, estava se divertindo. A menina era tão esperta e curiosa que falava pelos dois. Apesar de ela apresentar uma série de pensamentos que pareciam desconexos, era interessante o que dizia. Além disso, a garota não parecia se incomodar por ele não responder. Simplesmente ia adiante, o que ele achava confortável.

Não era o que ele esperava de uma jovenzinha como ela.

Ele lembrava de ter detestado as garotas da escola quando era pequeno. Elas viviam cobrando alguma coisa e se chateavam com um simples olhar. Ele nunca entendia o que acontecia e já bem cedo desistiu de se preocupar. Mas aquela menina esperta, que Matheus conhecia havia apenas alguns minutos, fazia com que ele se sentisse à vontade e isso era sensacional. Assim, ousou dizer:

— Pode falar. Não me importo.

— Ótimo! Como estou feliz, meu Deus! Já vi que essa família será ideal para mim. É tão bom poder falar sem que alguém fique te olhando com cara feia. As tias da Casa nunca estavam dispostas a conversar. Até entendo, já que elas têm muito trabalho. Mas eu falava muito com a psicóloga. Falei para ela que não me dou bem com crianças da minha idade, sabe? Elas acham que uso palavras complicadas, que sou diferente. Dizem que pareço uma velha e que adoro ficar com meus livros. E tem um fundo de verdade. Devoro livros e neles a linguagem é mais formal. Os livros foram meus pais, sabe? Além disso, não vejo problema no uso de palavras complexas. Quem usa palavras simples é porque só tem pensamentos simples, não acha?

— Parece fazer sentido — falou Matheus, perplexo.

— A tia Clara falava que tenho a língua solta. Mas é uma inverdade. Minha língua está presinha lá dentro da garganta e com ela posso ficar falando um monte de pensamentos que me vêm à cabeça. Como, por exemplo, que estou amando este caminho e estes campos, ou melhor, alfombras verdes. O nome da sua chácara parece ter sido feito para mim. Tão perfeito! Alfombra. Amo! Amo! Tem algum riacho perto também? Adoro riachos e peixes. A tia Clara não sabia quando perguntei a ela, já que nunca esteve aqui na região de Tatuí.

— Temos um rio. O Rio Sorocaba. Vamos passar por um braço pequeno dele.

A menina riu.

— Rio Sorocaba? Como a cidade onde nasci. Meu sonho será real. Estou tão feliz. Eu li em um livro na biblioteca da escola uma poesia de Fernando Pessoa, acho que era isso mesmo. Guardei as duas primeiras estrofes: "na casa defronte de mim e dos meus sonhos, que felicidade há sempre! Moram ali pessoas que desconheço, que já vi, mas não vi. São felizes, porque não são eu".

Ela pausou.

— Confesso que não entendi o resto, mas fiquei pensando naquelas estrofes. Ele fala de uma casa feliz e que eu não estava lá. Pessoas que já vi, mas não vi. Que será que ele quiz dizer? Talvez estivesse falando da casa de vocês sem mim. Vocês são felizes, porque não são eu. E eu não era feliz. Mas agora serei, tenho certeza, eu sinto. A única coisa que faltava para ficar ideal, era não ser negra.

Matheus a olhou, estarrecido.

— Qual é o problema com isso? — indagou.

— O senhor não deve saber o que é preconceito. Não sei agora, com pais brancos. Será que todo mundo vai saber que somos uma família diferente? Eu adoro ler, mas as heroínas dos livros nunca são negras. Veja Branca de Neve, Bela Adormecida, a Julieta do Romeu.

Matheus nunca tinha pensado naquilo, e prometeu a si mesmo comprar livros com heroínas negras para dar à garota, mesmo que Marília não a deixasse ficar.

— Você gosta de ler?

— Trabalhamos muito na chácara. Nas horas vagas, vejo TV — disse Matheus.

— Na Casa, a gente não via muita TV. Prefiro livros, com personagens maravilhosas, cheias de atrativos. Por que as pessoas de livros são sempre perfeitas? Eu queria ser uma personagem de um livro e que me descrevessem como inteligente e espirituosa, além de possuir lábios carnudos e postura elegante. Bem... esbelta devo ser porque as tias costumavam dizer que sou magricela. Mas não quero que me descrevam como esquelética. Esbelta é mais bonito, né? As tias disseram que... Opa, agora vem a ponte. Vou fechar os olhos. Tenho medo de pontes.

— O riacho está quase seco. Neste momento, é quase uma ponte em cima de uma vala seca — falou Matheus.

— Não importa, adoro riachos, arroios, córregos. Qual será a diferença entre tantas palavras? Serão sinônimos ou conceitos levemente diferentes? O mundo é tão cheio de coisas e de palavras diferentes. Eu coleciono palavras! Tenho um dicionário de bolso na minha sacola. Já falei que alguns me acham esquisita por causa de meu palavreado estrambólico? Sim! Já falei. Agora lembrei. Boa noite, Riacho Tortuoso — falou, nomeando-o. — Você o chamou de vala. Não foi nada simpático. Durma bem, pequeno córrego. Eu sempre dou "boa noite" para as coisas que adoro.

Karol se inclinou mais para perto da janela.

— Ah, ali naquela rua tem uma casa cor de caramelo bem bonita. Quem será que mora lá? — perguntou Karol, referindo-se a uma casa que ficava além da estrada em uma rua paralela, mas visível do ponto onde estavam.

— Lá mora a família Lima.

— Lima? Eles têm filhos? Alguém da minha idade?

— Tem uma menina de uns onze anos de idade. O nome dela é Diana.

— Oh! — A menina deu um suspiro longo e profundo. — Que nome sonoro e adorável! Como a deusa da caça.

— A única coisa que sei é que não é nome bíblico. Meu pai escolheu "Matheus" por ser um nome bíblico. Mas sei que, quando a menina nasceu, eles estavam com uma visita, um professor, e foi ele quem escolheu o nome.

— Esse professor devia entender de mitologia. — E se interrompeu num rompante: — Oh, seu Matheus!

Eles entraram na estrada que acabava entre a casa de Raquel e a capela. O dia estava chegando na hora mágica, àquela hora onde o crepúsculo torna tudo meio dourado.

— A casinha rosa é a de vocês?

— Não, moramos afastados da estrada — disse Matheus, sem deixar de notar, com um arrepio, a cara curiosa de Raquel espreitando na janela.

— Gostei da capela. E da estrada de campos verdes. Alfombras imensas. Esta estradinha onde entramos agora leva a sua casa? Quase pena que estamos chegando, porque a viagem está excepcional. Mas você disse que estamos chegando e talvez lá seja ainda mais extraordinário. A gente nunca sabe se o que vem depois de algo maravilhoso é infinitamente mais maravilhoso. Eu sempre espero que seja, mas nem sempre é. Estou louca para ver Alfombra Verde. Que nome pomposo! Já falei que amo esse nome? Com certeza já falei. Eu sempre ficava à noite imaginando como deve ser morar em uma casa, ter uma família. Ainda não estou acreditando! Sempre que digo isso, minhas glândulas ardem. As dos olhos, sabe? Mas não que eu fosse chorar de tristeza. É de alegria. Eu vi a foto da glândula na enciclopédia da escola. Tem as salivares e as lacrimais. Oh, que paisagem estupenda!

Haviam chegado ao ponto da estrada onde se via parcialmente uma coxilha coberta de mata nativa e que ficava atrás da casa. Ali, viam-se algumas ovelhas branquinhas que faziam a relva parecer pontilhada.

— Lá na colina... São ovelhinhas? Sim, são ovelhinhas — falou, levantando o tom de voz. — E qual o nome da colina?

— Nome? Não tem nome.

— Ah, mas então vou dar um nome. Colina Poá. Colina de Bolinhas? O que acha? Ou Alfombra Pontilhada? As ovelhinhas são fofas. Colina de Bolinhas. É isto! Ah, me arrepiei toda agora. Então é porque achei o nome certo. Quando algo me arrepia, sei que cheguei ao ideal, a algo que me convence e me faz feliz. Você também tem isso?

Matheus ficou pensativo.

— Na verdade, coisas nojentas me dão arrepio, tipo cobras ou aranhas.

Matheus lembrou do rosto de Raquel na janela, mas não contaria aquilo nem sob tortura.

— Cobras? Ui! Não acho que é o mesmo arrepio. Você já viu cobras aqui? É aqui? Nossa, que entrada! Tem certeza de que é aqui mesmo?

Eles haviam passado o imponente portal da chácara. A entrada ficava entre dois muros, cujo branco era garantido por Matheus várias vezes ao ano. O nome suntuoso estava escrito em uma placa de madeira na parte de cima do portal. Dele seguia uma alameda de palmeiras reais, altas e pomposas.

Chegaram à casa, e Matheus colocou o carro na garagem que ficava ao fundo da propriedade. O dia começava a esmaecer. As lâmpadas perto da residência já estavam acesas e as luzes do pôr--do-sol e as artificiais se misturavam.

— Isto não é uma casa — falou a menina, convicta. — É um lar! Um lar bem cuidado, próspero. Um lar feliz. E agora será meu lar também. Meu braço está roxo de tanto que me belisquei. No ônibus, quase cochilei, e quando acordei quase morri de susto achando que estava com as tias na Casa. Por isso as beliscadas, para ver se era tudo verdade... Até que me dei conta de que, mesmo se fosse só um sonho, eu deveria continuar a sonhar, porque era o sonho mais "extraordináriosissimo" do mundo. E aí parei de me beliscar. E agora estou chegando ao meu novo lar!

Quando chegaram à casa, Matheus começou a pensar na reação de Marília. Antecipou, depois de tudo o que ela contara no caminho, a decepção que a criança provavelmente teria e que para ele seria quase palpável. Ele se sentiu como se fosse presenciar uma matança, como se estivesse ouvindo o grito de uma ovelhinha que ia para o abate. Seu estômago embrulhou e as mãos suaram.

— Vou imaginar que estou sonhando junto com as ovelhinhas esta noite — disse a menina, enquanto andava da garagem para a frente da casa. Ela segurava a sacola como se fosse um bebê. — Que sonhos lindos elas devem ter!

3

Marília se surpreende

Marília veio abrir a porta, pois ouvira o barulho do carro. Matheus pôde sentir o peso do olhar de Marília sobre a menina. Os olhos se arregalaram, e ela mordeu o lábio inferior, fazendo com que seu queixo ficasse parecendo o solo lunar.

— Matheus Koch, o que está acontecendo? — perguntou, confusa. — Onde está o menino?

— Não tinha menino — respondeu ele, constrangido. — A Casa do Menor mandou esta menina.

Matheus se deu conta que não havia perguntado como ela se chamava.

— Como não tinha menino?! Falei com a funcionária para mandar o menino! — insistiu Marília.

— Só posso te dizer que elas botaram esta menina no ônibus e ela devia se encontrar com o dono de "Alfombra Verde", ou seja, somos nós. Ela acompanhava a carta de viagem que continha nosso nome. Sem nenhuma dúvida. Você não queria que a deixasse lá na rodoviária sozinha, certo? Mesmo que seja um tremendo engano.

— Matheus Koch, me diga que isso é algum tipo de brincadeira, do tipo que nunca na vida lhe vi fazer — exclamou Marília com uma esperança desesperada; o rosto ficando cada vez mais avermelhado.

A garota estava em silêncio, o terror estampado em seus pequenos olhos cor de âmbar. Olhava para ambos como se em um pesadelo, como se envolta em uma gosma pegajosa que a deixou sem ação e que não combinava com o sonho que vinha dissertando desde que saíram da rodoviária. Mas devagarinho a névoa foi se dissipando e dando lugar a uma realidade fria e cruel. Ela conseguiu articular uma frase, depois de soltar com dificuldade a bolsa que trazia no colo, como se soltar sua bagagem fosse expô-la a algo que ela não queria, mas que não sabia mais como evitar.

— Vocês não são a família com a qual tanto sonhei. Tudo um engano! Vocês querem um menino. O que um menino tem que eu não tenho? Por que essa discriminação? A tia Clara me mandou porque sabe que sou ideal para vocês e agora...

Lágrimas rolavam transformando o rosto impúbere e feliz de havia pouco em uma careta disforme. Marília e Matheus ficaram aterrados, olhando um para o outro. Na verdade, estavam totalmente estressados com a situação inesperada. Não costumavam ter conflitos para resolver, e muito menos ter de tratar com uma criança aflita.

Depois de um silêncio que escorreu denso por entre eles, Marília resolver falar alguma coisa.

— Não precisa chorar tanto, né? — disse em voz apaziguadora.

— Claro que precisa — retrucou Karol, em meio aos soluços. — A senhora não tem ideia da esperança que coloquei nesta minha nova vida. Não consegue imaginar o que é não ter família. E pior, ser recusada por conta do meu gênero. É inexplicável!

Marília, acostumada a dura vida do pequeno produtor, a trabalhar na cozinha preparando queijos do leite que ordenhavam, a fazer pão, a preparar a carne para congelar ou fazer salame, e cuja principal preocupação na vida sempre foi que a comida não fosse desperdiçada, deu-se conta de que não conseguia mesmo imaginar o que a menina descrevia. Ela sentiu uma fagulha de empatia incandescer.

— Eu entendo. Então pare de chorar. Vamos entrar e ver como faremos. Qual é o seu nome?

A menina olhou para ela com uma pitada esperança. Pensou um pouco e respondeu:

— Gostaria que me chamassem de Catarina — disse, adentrando a cozinha a passos reticentes.

— Como assim, chamar de Catarina? É ou não é o seu nome? — disse Marília com ar desconfiado, quase se arrependendo de ter convidado a menina para entrar.

— Na verdade, não. Pensei em começar a vida nova com nome novo. — Sorriu de forma tímida, e quase se arrependeu, lembrando que já não sabia mais se haveria vida nova.

— Afinal qual é o seu nome? — indagou Marília com um tom irritadiço, sua empatia esmaecendo.

— Karol com K — disse, baixinho. — Mas prefiro Catarina. Karol é tão comum.

— Como assim *comum*? Karol com K ainda por cima. Não acho comum! Não precisa ter vergonha do seu nome — disse, olhando para Matheus, que as encarava sem saber o que pensar daquela conversa bizarra.

— Não tenho vergonha, mas, como já disse, prefiro Catarina. Sempre imaginei que me chamaria Catarina. Mas tudo bem, vamos de Karol com K, que foi o nome que minha mãe me deu.

Sentaram-se à mesa da cozinha, e Marília colocou água para ferver para passar o café.

— Karol, você sabe como aconteceu este engano? Por que a Casa do Menor mandou você em vez do menino? — perguntou, enquanto vertia a água fervente no porta-filtro de café.

— Acho que as tias da Casa não entenderam que "tinha" de ser um menino. Elas viram que tenho a idade que vocês pediram, e eu estava na lista das próximas a serem adotadas. Eles usam a ordem de idade. Não imaginam como fiquei feliz! Nem dormi! — Olhou para Matheus e disse: — Você não falou nada lá na rodoviária. Não sei se não era melhor ter me posto de volta no ônibus em vez de me trazer aqui para encher meu coração de esperança.

Os olhos de Karol se encheram de lágrimas.

— Eu não teria visto a Colina Mágica, a Colina de Bolinhas.

— Colina de Bolinhas? — repetiu Marília, piscando, testa franzida.

— Ela está falando dos nomes que deu a algumas coisas quando estávamos chegando — Matheus justificou. E, não aguentando a situação pesada, completou: — Vou lá recolher os animais e assim dá tempo de o café passar. Volto em seguida.

— A moça só mandou você? — perguntou Marília, ainda fantasiando que fosse uma confusão.

— Hoje, sim. Ontem eles entregaram outra menininha, Lilian, de cinco anos. Ela é muito sortuda de ter sido adotada bem pequenininha. Mas ela é linda. A senhora sabia que as crianças bonitas são adotadas mais rápido? Se eu fosse linda, já teria uma família.

Uma lágrima grossa rolou pela bochecha de Karol.

— Não é isso — defendeu-se Marília. — Pensamos em um menino por causa do futuro da chácara. Uma menina não vai assumir uma chácara. É um trabalho pesado.

Marília colocou uma fatia de pão no prato em frente a Karol. Matheus voltou pouco depois e se sentou à mesa. Cortou três pedaços do queijo da região, os quais colocou nos três pratos.

Karol olhou para a comida, mas não a tocou.

— Coma, criança! — orientou Marília, alguns minutos depois, forçando um sorriso.

— Não consigo. A tristeza é muito forte e aperta meu estômago. A senhora consegue comer quando está deprimida?

— Deprimida? Nunca fiquei deprimida — disse Marília, séria. — Fico é cansada quando me deito à noite.

— Nunca ficou deprimida? Nem quando seu pai morreu?

Marília pensou.

— Fiquei triste. Que conversa é esta? Não morreu ninguém na sua família? — respondeu, seca.

— Não tenho família — disse Karol. — Ou melhor, achei que teria, e não tenho. Que é que nem morte. Não dá vontade de fazer nada. Dá um vazio. Acho que não comeria nem chocolate. Lá na Casa, só tínhamos chocolate na Páscoa. É um gosto tão bom, que, às vezes, sonho com chocolate. Por favor, não fique chateada comigo. Não é sua comida. Adoro queijo. Mas, como disse, não conseguiria comer nem chocolate.

— Acho que você tem é que dormir — disse Matheus, levantando-se da mesa e retirando os pratos, os quais depositou dentro da pia com cuidado. Olhando para Marília completou: — É melhor mostrar o quarto para ela e deixá-la descansar.

Marília levou Karol para o quarto de hóspedes.

A mulher acendeu a luz e colocou a sacola com as roupas de Karol em cima da uma poltrona no canto do quarto.

— Você tem camisola? Escova de dentes? — perguntou, cobrindo a cama com um lençol que, quando se abriu, soltou um leve cheiro de alguma flor que Karol não conhecia.

— Sim.

— Então vá até o banheiro e escove os dentes enquanto termino aqui.

Karol voltou minutos depois e se deitou na cama. Marília deu boa noite a ela, acendeu o abajur e apagou a luz do quarto.

— Quando for dormir, apague a luz.

Marília saiu e Karol fechou os olhos. A roupa de cama, apesar de soltar um cheiro bom, de coisa limpa, dava ares de estar na casa desde antes de Karol nascer. A senhora foi lavar a louça do café da noite, com a certeza de que Matheus estava exausto e deprimido. Ele estava na varanda, na rede, olhando para a solitária escuridão.

Ela se aproximou da porta para não ter que levantar a voz, pois não queria ser ouvida pela nova moradora.

— Que situação! — desabafou, irritada. — Nós deveríamos ter ido de carro até a Casa do Menor buscar a criança. Teria evitado esta dor de cabeça. Agora desfazer a troca vai dar trabalho, mas será melhor assim. Amanhã você pega o carro e a leva de volta para Sorocaba. A instituição vai entender.

— Imagino que sim — respondeu Matheus de forma pouco convincente.

— Como assim, *imagina*? Eles vão, sim. A decisão é nossa — afirmou, categórica. — Não esqueça que a papelada de adoção só será feita depois do período de convivência e assim ainda não temos compromisso.

— Sim. A decisão é nossa... E eu gostei da menina. Ela é bem inteligente.

Marília olhou para ele com ar de descrédito.

— Matheus Koch, você não está pensando que vamos ficar com a menina, certo?

— Sim... Err... Não. Entendo — disse, confuso. — Mas, repito, gostei dela.

— Uma menina é muita responsabilidade. Meninas engravidam. E ela vai entrar na puberdade — falou, convicta.

— Eu a acho engraçada com todas as palavras rebuscadas. Nem parece criança. Ela fala como um adulto.

— É uma tagarela. Vi na hora. Imagina aguentar ela papagaiando o dia todo aqui. No primeiro dia, até parece interessante, mas te digo que depois de um mês você vai querer sumir quando abrir o verbo. Eu não gostei dela. Leve de volta.

— Se é questão da chácara, hoje em dia mulheres estão assumindo várias posições consideradas como trabalho masculino. Além disto, pode se casar com alguém devotado... E ela também vai lhe fazer companhia.

— Não preciso de companhia. Gosto de ficar sozinha. Amanhã você a devolve para a Casa do Menor e ponto-final — afirmou, guardando as últimas peças de louça no armário e pendurando o pano de prato para secar junto ao fogão.

— Então que seja. Já vi que não tem conversa. Saio com ela amanhã cedo. Boa noite — disse e seguiu em direção a seu quarto.

Marília logo se recolheu também.

No quarto, Karol ainda chorava baixinho.

4

De manhã em Alfombra Verde

Karol acordou sem saber bem onde estava. Parecia ainda estar dentro de algum pesadelo quando identificou a janela, a poltrona e a sacola. Sim, estava em um pesadelo, em que encontrava a sua família, eles eram perfeitos, mas não a queriam por não ser um menino.

Seus olhos voltaram a arder, mas sua natureza alegre era mais poderosa.

Foi até a janela, esperando ver a Colina de Bolinhas, mas viu um pátio e um pé de camélias florido.

— Bom dia, princesa branca — falou baixinho, referindo-se ao fato de a árvore estar carregada de flores brancas.

Este lugar é adorável, pensou. Lembrou-se do aroma confortante do lençol que Marília colocou em sua cama. Depois de uma noite toda dentro do quarto, já não sentia mais o cheiro, assim pegou a fronha, levou-a ao nariz e deu um suspiro fundo. Queria também guardar aquele cheiro, junto com todo o resto.

Concentrando-se nos sons que chegavam aos seus ouvidos, ouviu mugidos doces de vacas que ela ainda não tinha visto, sons de pássaros e galináceos num concerto que lhe pareceu familiar, apesar de não haver nada disso perto da Casa do Menor. Seriam memórias do tempo em que morara com sua mãe?

Sentiu uma mão em seu ombro. Marília havia entrado no quarto sem fazer barulho.

— Vá tomar um banho que depois temos café da manhã — disse.

Marília e Matheus viviam havia muito tempo sozinhos, e demonstrações de emoção sempre foram considerados fraqueza naquela família. Ela não queria ser rude, mas seu tom direto era por muitas vezes mal interpretado. E realmente se sentiu desarmada ao ver o rosto cheio de gratidão da garota.

— É uma área enorme — disse Karol, ainda olhando pela janela.

— É uma propriedade de tamanho médio — disse Marília. — Logo ali na cerca começam as terras dos vizinhos.

— Sim, mas não estou falando só das terras de vocês, mas da região inteira. Estes campos de várias cores são plantações diferentes?

Marília nunca tinha olhado com cuidado para o horizonte. Olhou à distância e reconheceu diversas manchas verdes de diferentes tamanhos e tonalidades.

— Sabe que não sei? — disse Marília. — Nunca tinha pensado nisso — admitiu.

— Tudo aqui é lindo. Suas árvores de frutas, aquelas camélias brancas. Ontem passamos até por um riacho. Acho que riachos são felizes! Eles não têm tristeza, nem preocupações e nem precisam ser adotados. Eles sempre "pertencem" a um lugar. Estão incrustados na terra. E recebem visitas de peixes, de sapos.

— Não creio que lá tenha peixe — disse Marília, sem convicção.

— Não tem problema. Posso imaginar que ele é cheio de peixes coloridos. Eu vi na enciclopédia da biblioteca da Casa que existem peixes de todas as cores e de várias formas. Alguns que até incham ou brilham. Tanta coisa que a natureza criou! A natureza é maravilhosa, não acha? Sei que deveria estar desesperada e chorando como fiz parte da noite, mas não consigo me desesperar olhando uma paisagem dessas e um céu tão azul. Eu deveria estar triste, muito triste. Hoje de manhã, fiquei na cama imaginando que tudo era diferente e eu era a criança que vocês queriam, que este seria meu quarto e que estava segura aqui com vocês. Mas a parte ruim de imaginar coisas é a hora que a realidade vem, e ela dói, como agora.

— É melhor você ir para o banho e deixar a imaginação de lado. Imaginação não enche barriga — disse Marília, assim que conseguiu falar. — O café da manhã já está posto. Pode deixar a janela aberta, dobre as cobertas e deixe em cima da cama. Mas seja rápida, porque Matheus já está à mesa.

Karol fez tudo de forma ágil e correu para a cozinha, a barriga roncando de fome, esquecendo-se de dobrar as cobertas.

— Agora estou faminta — anunciou, sentando-se na mesma cadeira onde havia sentado na noite anterior. — Um dia lindo destes abre o apetite de qualquer um. Mas também gosto de dias frios e até de dias chuvosos. De manhã, o mundo é sempre perfeito, não acham? O dia ainda está todo por vir e coisas por acontecer. E, como hoje vai acontecer algo que não quero, estou feliz que tem sol. Assim é mais fácil de enfrentar um momento ruim. Gosto de histórias de heroínas que superam o sofrimento e a princesa Catarina é forte. A princesa Catarina é meu exemplo. Uma princesa negra. Mas é bem diferente imaginar uma situação de tristeza extrema comparado a estar dentro de uma como estou hoje, depois de saber que todas as minhas esperanças de ter uma família e ter finalmente meu lugar, se esvaem.

— Pelo amor de Deus, dá para falar menos e se concentrar em tomar um café da manhã em paz? — irrompeu Marília.

Karol ficou calada, contudo a quietude também pareceu incomodar Marília, porque era como se ninguém estivesse falando mais nada em função de seu rompante. Matheus continuava calado, mas seu silêncio não espantava Marília.

Ficaram todos calados até o final da refeição, o que não melhorou o profundo mal-estar de Marília ao ver que a menina pareceu ficar sonhando de olhos abertos uma vez que não podia falar; os pensamentos vagando em algum lugar. Quem ia querer ter alguém assim por perto? Só mesmo Matheus. O que ela sequer entendia. Sempre achou que o silêncio de Matheus significasse que ele gostava de tranquilidade. E agora aquilo? Ele gostara de ficar ouvindo as baboseiras dessa menina! Ela sentia que Matheus não tinha mudado de ideia quanto a ficar com a garota. Ela conhecia seu irmão.

Quando todos terminaram, Karol se ofereceu para lavar a louça. Matheus saiu para alimentar os animais.

— Distraída como você é, vai derrubar tudo, isso sim.

— Não vou, não — afirmou Karol, convicta. — Sou ótima em serviços domésticos e adoro cuidar de crianças.

— Deus me livre, mais uma criança. Você já me trouxe problemas demais. E não sei como resolver esses problemas agora. Matheus tinha de ter evitado isto ontem. É um imprudente.

— Acho que o Matheus é um querido — disse Karol, na defensiva. — Ele é meigo! E nem se incomodou que vim tagarelando a viagem inteira. Achei até que ele gostou da minha conversa. A gente se entendeu bem demais.

— Vocês são ambos esquisitos. Talvez seja isto — retrucou Marília com rispidez. — Matheus trabalha duro, mas acho também que fica sonhando já que nunca diz nada. Pelo menos, parece guardar todos os seus pensamentos em algum lugar longe dos outros.

Marília soltou um suspiro que tangia à irritação.

— Pode me ajudar com a louça então. Esquente água no fogão primeiro e use. Não gosto de louça lavada com água fria. Depois seque tudo e bote de volta no armário. Em seguida, nós vamos pegar o carro para ir até Sorocaba. Preciso falar com a funcionária e entender o que houve. Quando terminar a louça, arrume sua cama. Não espero que trabalhe, porque crianças tem de brincar e ir à escola, mas espero que cuide de suas coisas.

Quando terminou de lavar a louça, Karol voltou para o quarto e estendeu os lençóis na cama. Afofou o travesseiro, depois de pegá-lo novamente na mão e inalá-lo por vários segundos. O cheiro do que quer que fosse que Marília usava na roupa de cama tinha o poder de acalmá-la.

Quando Karol voltou à cozinha, Marília preparava os ingredientes para o almoço.

– Vá dar uma caminhada por aí já que gostou tanto da região – disse, sem levantar a cabeça da tarefa doméstica.

Karol saltitou até a varanda, mas voltou três segundos depois.

– O que houve? – perguntou Marília com espanto, vendo o rosto desanimado da menina

– Não quero passear por aí – disse com voz amuada. – Só vai me dar mais tristeza depois. Vou ficar amando as coisas e não vou conseguir suportar que as perdi. Já está sendo difícil agora e não quero que fique pior. Quero muito sair. Adoraria ver as ovelhinhas. Parece que estou as ouvindo me chamar, dizendo: "Karol, Karol, vem brincar conosco". Mas é melhor eu não ir. É absurdo a gente se apegar às coisas se sabemos que não as teremos depois. Só causa tristeza. Eu me vi aqui, me imaginei nestes campos. Mas nada era como pensei e agora não vou me atolar mais neste sonho. Tenho medo de não me recuperar mais. – E rapidamente acrescentou: – Como é o nome do pé de camélia?

– Nome? A camélia? Ou você quer dizer o nome científico? – perguntou Marília, abismada com a rapidez com que a menina mudou de assunto.

— Não, não o nome científico. O nome que a senhora deu à árvore. Eu vi da janela. A senhora não deu nome? Posso chamar de Princesa Alva? Enquanto eu estiver por aqui?

Marília ficou olhando para a menina, boquiaberta. Quando se recuperou, exclamou:

— Tanto faz! Mas não entendo para que dar um nome a uma árvore.

— Ah, as coisas terem um nome é notável. Elas se tornam mais humanas. Talvez elas se magoem de serem chamadas todas de árvores. Não há uma identificação. É como se todas elas fossem iguais, e não são. Você não gostaria que se referissem a você como "a mulher". Hoje de manhã também dei um nome para o abacateiro que fica perto do muro. Ele está florido, mas suas flores são verdinhas, assim o chamei de "Mágico Viçoso". Ele é mágico e vai transformar aquelas flores em frutas, em abacates gordinhos. Não é uma mágica?!

— Meu Deus, você pensa em cada coisa, menina. Nunca ninguém me disse nada nem parecido com isso — disse Marília, indo até a despensa buscar um pedaço de carne para o almoço.

Ela é mesmo cheia de imaginação e bem diferente de outras pessoas. Tenho de concordar com Matheus. Nunca vem algo trivial da boca dela como: o que vai ter de almoço? Ou como se assa um bolo? Estou começando a entender por que o Matheus gosta tanto dela. Ela faz a gente pensar em coisas nas quais nunca pensamos no dia a dia, pensou. *Eu sei que ele quer que ela fique, mas como não fala nada não tenho nem chance de argumentar o contrário.*

Quando Marília voltou, viu que Karol já estava lá sonhando de olhos abertos e brincando com um grão de feijão que tinha ficado perdido na mesa.

Marília continuou a preparação do almoço, e, quando a carne de panela estava fumegando e soltando um cheiro delicioso,

Matheus colocou a cabeça na porta vindo dos galpões ao fundo da casa. Limpou a bota, retirou-a e foi ao banheiro lavar as mãos para o almoço.

– De tarde preciso que nos leve até Sorocaba – disse Marília.

– Sem problemas – disse ele, sentando-se à mesa e se servindo de uma porção fumegante de arroz.

Na verdade, Matheus estava bem aliviado porque pensou que Marília ia enviá-lo sozinho devolver a menina. Por outro lado, estava triste porque queria que Karol ficasse, o que Marília rejeitava veementemente.

Ela viu que o ar dele ficou sombrio como quando você ouve algo que o torna desconfortável.

– Vamos ver se fazemos isso rápido. Sei que tem muito trabalho a fazer e não deixamos Alfombra Verde sozinha quase nunca. O seu José vai estar por aí à tarde?

O Sr. José era um homem que ajudava Matheus algumas vezes na semana.

– Sim. Não tem problema. Mas qualquer coisa peço ao Pires. Eu também fico por lá caso os dois precisem sair.

Logo após o almoço, eles entraram no automóvel, Marília e Matheus no banco da frente e Karol no banco de trás. Até Sorocaba eram cerca de cinquenta quilômetros.

5

A história de Karol

— Sabe... — disse Karol, olhando para fora do carro. — Decidi que vou gostar desta viagem. Gostar de algo é uma decisão. Não vou pensar na chegada e nem no que vai acontecer. Pode parecer uma fuga, mas para mim é usufruir o momento e não sofrer por antecipação.

Matheus deu uma olhadela a Marília, que apertou os lábios, ambos olhando firmemente para a frente.

— Ah, vejam! É uma paineira carregada de flores cor-de-rosa! — exultou a menina. — Achei que em maio já não estariam mais floridas. Ela deve ter guardado suas flores para esta ocasião. Se soubesse onde estou, daria um nome a ela. Dona Marília, a senhora não gostaria de encher o mundo de flores cor-de-rosa como as desta paineira? Cada flor tem uma história, floriu em um momento diferente e se pudessem cantar fariam um coro estupendo, tenho certeza. Posso imaginar que as estou ouvindo.

Karol fechou os olhos e a paineira foi ficando para trás na estrada.

— O som está sumindo. Como se elas cantassem o Bolero de Ravel que começa baixinho. Só que ao contrário. Começou alto e agora vai decrescendo. A irmã que fundou a Casa amava o Bolero. Usava quase como um hino.

Os irmãos se olharam. Marília acreditou ter visto os olhos de Matheus marejados. Sem dizer nada, ambos sabiam que pensavam na mesma coisa, no quanto seu pai, o velho Koch, amara o Bolero de Ravel.

Karol abriu os olhos e exclamou:

— Tchau, Paineira Rosada! — E se voltou para os companheiros de viagem. — Hoje ela está rosada, e depois ficará verde sem flores. Seria bom se eu fosse como a paineira e pudesse mudar constantemente — continuou, enquanto olhava pelo vidro traseiro do carro com melancolia. — A senhora acha que a aparência física muda a forma com que as pessoas a veem?

— Não valorizo a aparência física — respondeu Marília, sem hesitação. — Eu mudei quando meu cabelo começou a ficar grisalho. Nunca pensei que isso pudesse mudar a forma com que as pessoas me "veem". Continuo a mesma! Somos o que somos e o essencial é invisível aos olhos.

— Ah, a senhora também leu *O Pequeno Príncipe*?

Marília não tinha lido, mas a frase havia aparecido em vários contextos na sua vida.

— Nunca nem mesmo pensei em pintar meu cabelo — completou Marília.

Karol soltou um suspiro anêmico.

— Eu não tenho a mesma segurança em relação a minha aparência física. "Minha vida é um perfeito cemitério de esperanças enterradas". Li isso num livro de uma escritora canadense chamada Montgomery em uma história de uma menina chamada Anne que, como eu, era órfã. Mas ela não era negra, era ruiva. Sempre penso nela quando fico triste. A história dela é fofa.

— Estamos chegando em Araçoiaba da Serra — disse Marília, tentando mudar de assunto.

— Araçoiaba! — repetiu Karol. E alguns segundos depois: — "Araçoiaba vem do tupi-guarani. 'Ara', que nem a arara, vem de ave e 'aba' é um lugar onde os pássaros cantam" — narrou.

Marília não se conteve e se virou para o banco traseiro, para ver, com alívio, que um dicionário estava aberto no colo de Karol. Por um segundo, havia conjecturado que a menina fosse um dicionário ambulante. Voltou à sua posição original expelindo o ar. Olhar para o banco de trás mesmo que por segundos lhe dava enjoos.

— Quanto tempo até Sorocaba? — perguntou Karol.

— Só mais dez quilômetros — disse Matheus. — Agora vamos entrar na famosa rodovia Raposo Tavares que vai até São Paulo.

Marília completou:

— Tempo para você nos contar o que sabe sobre a sua família.

— Oh! Não sei se vale a pena falar sobre isso.

— Onde você nasceu? Qual a sua idade exata? — perguntou Marília.

— Fiz onze anos em março. Nasci em Sorocaba. A minha mãe também nasceu na área rural. As tias não me disseram o nome dela nem do meu pai. Com certeza eu queria saber o nome deles! As tias só me disseram que fui resgatada pelo conselho tutelar. Desde então estou na fila de adoção. Mas parece que houve problemas com minha documentação e só fiquei disponível para a adoção depois de vários anos.

Marília notou que a menina se movimentou no banco do carro como se sentisse desconfortável.

— As tias falaram que nos anos setenta recebiam bebês e colocavam para adoção. Hoje em dia o processo é bem mais complicado. Quem cuida é a Vara e tem uma fila, e quase todo mundo quer um bebê, ou crianças bonitas, sabe? As crianças mais velhas acham um lar se são bonitas. Eu sei. Os feios ninguém quer — comentou e parou de falar.

Um silêncio palpável encheu o automóvel.

— Eu não gosto de falar sobre isso — disse, finalmente. — Prefiro minhas vidas inventadas, onde sou princesa, ou heroína.

— Você frequentou a escola?

— Sim. Frequentei todas as aulas e esta é a parte boa de ter ficado na Casa. As aulas são lá mesmo. Adoro ler e lá tem uma biblioteca enorme. Também aprendi a ouvir música clássica. A professora de música era admirável.

— Os funcionários da Casa do Menor eram bons com você?

— As tias não têm tempo para ficar prestando atenção nas crianças, porque são muitas. As tias não perdoam falta de disciplina, mas no geral só posso agradecer de ter crescido por lá.

Marília não fez mais perguntas. Olhou pela janela, mas seus olhos, fixos no campo imenso e verde que ladeava a estrada, não processavam o que via. Pensava na vida isolada que a menina teve.

Não conseguia imaginar ter crescido sem sua mãe e seu pai. Não eram uma família de muito contato físico. A mãe era sisuda e rígida, mas Marília sempre soube que poderia contar com ela. Não imaginava como se sentiria sem um suporte.

Que vida triste teve esta menina. Apesar de ter tido um teto e educação, viver sabendo que teria de deixar a escola aos doze anos e não ter perspectiva de adoção... E sabe Deus o que a mãe fez para perder a guarda. Além disso, ela é bonita, sim, por dentro e por fora, embora não saiba, pensou Marília.

Ela começava a sentir empatia pelo desespero da menina.

E se eu mudasse de ideia e a aceitasse, já que o Matheus me parece decidido a ficar com ela? A menina parece ter bom coração. Só fala demais, mas isso é contornável. E muitas vezes ela fala coisas interessantes e tenho de admitir que por vezes goste de escutar seus devaneios, considerou.

— Esse campo imenso... Essa vastidão sem fim... — disse Karol, com voz meio embargada, olhando para o cerrado ao lado da estrada. – Uma vez saímos com as tias em um passeio para colher flores em uma Sexta-feira Santa. Saímos ao nascer do sol. O campo parecia colorido com os primeiros raios de luz. O sol escondidinho, nos espiando no horizonte. Sentei-me à janela, e fui conversando com ele. "Levanta-se, Sol. Vem nos aquecer." E ele veio tímido, mas veio. – Mudando de assunto com a rapidez de sempre, Karol disse: – Estamos chegando?

– Mais uns dez minutos – disse Matheus, que fora de informações sobre o trajeto não soltou nenhuma palavra durante a viagem. – Já, já chegamos.

Nos dois lados da rodovia Raposo Tavares, viam-se grandes prédios o que indicava que já estavam dentro da cidade.

– Não, não me entenda mal – apressou-se a esclarecer Karol. – Não quero que estejamos chegando. Não quero chegar lá. A chegada na "Casa" significa o fim do sonho de ter uma família.

6

Marília toma uma decisão

Chegaram a um prédio de pastilhas azuis reluzentes onde lia-se "Casa do Menor de Sorocaba". Marília se sentiu intimidada pela autoridade que ele representava. Ali estavam as pessoas que decidiram sobre a adoção de Karol.

— Vou aproveitar e pegar alguns materiais de construção aqui perto enquanto você fala com elas.

Marília sabia que ele provavelmente não precisava de nada em especial, mas não queria ficar ali, presenciando a acareação. Seu irmão não gostava de conflitos, tampouco da ideia de devolver a criança.

Ela não deixou de notar o ar pesado quando ele se despediu de Karol. Olhos caídos, como um cão sem dono. Aquilo irritou Marília sobremaneira, de forma que ela bateu a porta do carro com força maior que a necessária.

A funcionária que abriu a porta imediatamente reconheceu Karol e foi chamar uma mulher chamada Clara, que parecia ser uma das supervisoras do lugar.

— Não esperava vocês — disse Clara, uma mulher com ar determinado e olhos sorridentes.

Colocando o braço por trás de Karol em um gesto afetuoso, ela perguntou:

— Algo errado? Karol, como você está? Já estamos com saudades.

— Estou bem — respondeu Karol, sem poder esconder sua frustração, e completou: — Na medida do possível...

Marília tomou a palavra:

— Senhora, vim conversar com vocês porque creio que ouve um engano. Fiz um cadastro na Vara de Infância e Juventude e eles me indicaram que havia uma criança aqui para nós. Eu liguei, falei com uma pessoa que me explicou que podíamos ficar com ela em acolhimento temporário até que a adoção fosse concretizada. Mas no formulário eu preenchi que queríamos um menino.

— Hum! — disse Clara, pensativa. — Acolhimento? Ah, você quer dizer o estágio de convivência. Sim, a Vara entrou em contato nos indicando que haveria candidatos para receber uma criança de dez anos. Vocês são os irmãos de Tatuí, correto? Só para ter certeza. Passam muitas crianças por aqui. Mas conheço bem a Karol porque ela veio para nós quando pequena e, por uma confusão burocrática, não pôde ir para a adoção por vários anos. Depois de certa idade, fica cada vez mais difícil.

— Tenho certeza de que marquei "menino" — repetiu Marília.

— Eu não saberia lhe indicar o que pode ter acontecido, mas, indiferente de perfil, a gente escolhe a criança que mais atende todos os critérios. Do contrário, trigêmeos nunca seriam adotados — disse com um largo sorriso. E continuou: — Vocês pareceram flexíveis no preenchimento. Até chama a atenção. Tem gente que quer definir tudo! Mas se fizerem questão de saber o motivo, tenho de abrir um processo administrativo para requerer uma averiguação. Só lembro da ficha porque pensamos ser a família ideal para a Karol.

— A culpa foi nossa — disse Marília. — Poderíamos ter vindo pessoalmente, em vez de insistir que a criança fosse enviada no ônibus.

— Teria sido melhor. A gente não costuma enviar as crianças sozinhas. Só abrimos uma exceção porque vocês insistiram muito.

Karol, sentada no desconfortável banco de madeira da recepção, colocou os braços sobre os joelhos e escondeu o rosto entre eles.

— Acho até que temos outra família para Karol. Ontem teve uma senhora aqui que tem três meninos pequenos e queria adotar uma menina. Karol gosta de crianças. Ela nos ajudou muito com os menores aqui. Vamos achar uma solução. — A funcionária se deu conta de que conversavam ainda na recepção e que Karol não estava confortável, assim se apressou em completar: — Entrem! — disse, abrindo a porta e indicando passagem para a área administrativa do prédio.

Chegaram a uma cozinha grande. Uma senhora que deveria ser a cozinheira veio correndo abraçar Karol.

— Passeando por aqui com sua nova família? — indagou a senhora com uma piscadela.

Karol não respondeu, olhos fixos nas lajotas do chão.

Entraram em uma sala contigua na qual uma funcionária, sentada em uma mesa, digitava coisas em um computador.

— Não ligaram hoje da Vara de Infância dizendo que há outro casal querendo uma menina de uns dez anos? Eles não viriam hoje aqui? — perguntou Clara à moça.

— Estão aqui.

— Ah, excelente! Aí já resolvemos essa situação. Dona Marília, sente-se, por favor — disse, indicando uma poltrona.

Naquele momento, uma senhora, acompanhada por um senhor mais velho, entrou na sala onde estavam.

— Dona Marília, estes são dona Elaine e seu esposo, que vieram aqui por indicação da Vara da Infância, porque temos várias meninas pré-adolescentes como eles pediram.

Marília não conseguia desviar o olhar do homem, que parecia grosseiro e não parava de olhar para cada alma feminina jovem que aparecia no recinto. Marília não gostou do lugar para onde ele olhava, como se fosse devorá-las. O olhar dele e sua expressão ultrajante parecia um palavrão.

— Dona Elaine, a dona Marília está devolvendo a Karol. Ela teria a habilidade com crianças que a senhora está buscando. Parece-me ideal. Karol vai adorar ter muitos irmãozinhos. — Elaine passou a escrutinar Karol com seus olhos escuros, sem parecer notar o olhar ofensivo do marido sobre a criança. — A dona Marília se enganou no preenchimento do formulário. Assim vamos ter de abrir um processo administrativo e cancelar o estágio de convivência — continuou Clara. — Mas é este o objetivo do estágio, já que a adoção é irreversível.

Marília sequer teve tempo de argumentar que não estava correto o que a mulher afirmava. Por entredentes escurecidos de cigarro, o homem se adiantou:

— Quantos anos você tem, gracinha?

O olhar de lobo faminto repugnou Marília, que viu Karol se encolher na poltrona.

— Tenho onze anos — disse Karol.

A voz baixa não lembrava em nada a garota tagarela que Marília tinha conhecido no dia anterior.

— Você gosta mesmo de crianças pequenas? — perguntou a mulher. — Os meninos dão bastante trabalho. — E, após ver o ar de reprovação de Clara, emendou: — Claro que queremos uma filha, não uma empregada, mas uma filha de onze anos já ajuda em casa. — Marília não pôde conter um sentimento de asco por aquela mulher. Ela não parecia estar interessada no bem-estar da menina. — Você é tão magrinha. Não sei se consegue pegar os meninos no colo. Levante-se para eu te ver melhor.

Marília sentiu um calor subindo à face e um sentimento nada bom se apoderou dela.

Agora só faltava o olhar de cobiça do marido dela, pensou.

Ela viu a humilhação estampada no rosto da menina e, naquele momento, teve certeza de que se voltasse para casa nunca mais conseguiria dormir pensando em Karol na casa daquelas pessoas. Ela não era irresponsável e fria àquele ponto.

— Bom — iniciou. — Vim reclamar do engano e queria entender, mas ainda não decidimos se vamos ou não ficar com ela. Até porque não tinha pensado que o processo de convivência tem de ser revisto e imagino que entramos na fila de adoção do zero. Isso me faz repensar a decisão e não me sinto à vontade de fazer isso sem a presença do Matheus. Acho melhor levar Karol de volta e, dependendo do que decidirmos juntos, voltamos amanhã. Se não voltarmos, fica tudo como está.

Marília não deixou de notar o rosto de Karol se iluminando.

— Parecia claro que iam cancelar o processo — disse a tal Elaine, belicosa.

Marília se levantou, tomou a mão de Karol e caminharam em direção ao saguão do prédio depois de uma despedida rápida. Já do lado de fora do prédio, Karol não se conteve e a abraçou.

— Muito obrigada — disse, baixinho. — Juro que serei a melhor pessoa do mundo.

— Ainda vou falar com Matheus — falou Marília, impassível. — Ele já deve estar estacionado aí na rua nos esperando.

Marília não se surpreendeu ao ver o semblante de alívio do irmão quando as duas entraram no carro. Na viagem, Marília não quis comentar o assunto e sabia que Matheus não perguntaria.

Chegaram à Alfombra Verde depois de o sol se pôr. Depois do café da noite, Marília mandou Karol se recolher e ela foi para o quarto que já começava a chamar de seu.

Estando sozinha com o irmão, contou a Matheus sobre a tal Elaine e seu marido.

— Não posso afirmar que era um pedófilo, mas se você visse como olhou para Karol... E para uma funcionária jovem que estava lá. O homem é grosseiro! — disse Marília em tom grave. Matheus a olhava com curiosidade. — Não tive como entregar a menina para ela. Não conseguiria dormir. Sei que quem não queria era eu. Assim a decisão ficou ainda mais difícil. E minha culpa seria ainda maior — disse, enquanto lavava os pratos do jantar.

Matheus abriu a porta e se sentou na rede que ficava na varanda, pois dali via Marília na cozinha pela janela.

— Acho que você tomou a decisão certa. — Era evidente que ele estava alegre. — Acho que ela vai alegrar a nossa vida.

— Só quero te avisar que quem educa ela sou eu. Você é muito mole — concluiu Marília com um sorriso comedido. — Sei que nunca fui mãe, mas vi como a nossa mãe nos educou. Foi com rigidez e limites. Assim será.

— Concordo. Mas me deixe mimar ela de vez em quando — pediu com um sorriso tímido, levantando-se e levando os restos do jantar para os cachorros no lado de fora da casa.

Ainda não direi a Karol o que decidimos, pensou. *Agora é o momento de ela descansar, pois o dia foi longo. Estou aliviada que está decidido. Matheus e eu não temos dilemas na vida. Vivemos de forma simples e sem incidentes. Agora tenho de gerenciar para continuar assim, mesmo que seja com uma adolescente. Que seja o que Deus quiser!*

7

Karol faz sua oração

Marília foi até o quarto e viu que a luz ainda estava acesa, ou seja, Karol ainda não havia dormido. Entrou no quarto e viu a menina folheando o dicionário, o mesmo usado à tarde para ler a definição de "Araçoiaba".

– Ainda acordada? – perguntou, observando que, apesar de estar de camisola, ela deixara a calça usada na viagem jogada no chão. – Karol, não gosto de roupa jogada no chão nesta casa. Somos pessoas ordeiras que damos valor à organização – disse com voz calma, mas firme.

Karol pulou da cama e recolheu a calça que estava no chão, dobrou-a e colocou na poltrona junto com as outras roupas.

– Desculpe! – disse sem olhar para Marília. – Foi um dia tão confuso que cheguei e troquei de roupa sem pensar.

– Não quero desculpas. Se for ficar conosco, tem de seguir as regras da casa. Aqui deixamos tudo arrumado, nada de bagunça. E antes de dormir sempre escovamos os dentes e fazemos uma oração.

– Já escovei os dentes.

– E a oração? – perguntou Marília, enquanto fechava as persianas.

– Não costumo rezar antes de dormir.

Marília fez uma careta horrorizada.

— O que está me dizendo, Karol? Não é católica?

— Sou, sim — retrucou Karol. — A Casa do Menor foi fundada por uma freira, lembra?

Karol quase mordeu o lábio, porque a sua frase inquisitória poderia ser interpretada como um desrespeito por Marília.

— Eu só quis dizer que na Casa do Menor a gente rezava de vez em quando — suavizou Karol.

— Ah! — exclamou Marília. — Agora entendi. Mas aqui em casa nós rezamos à noite antes de dormir. Todos os dias.

— Sim. Vou seguir a sua orientação — disse Karol. — Como quer que eu faça?

— Bom, minha mãe me ensinou a ajoelhar no chão ao lado da cama.

Karol imediatamente se ajoelhou e olhou para Marília como que esperando para saber o que devia fazer. Mas não se conteve e comentou:

— Sempre me perguntei por que temos de nos ajoelhar para rezar. Sempre imaginei que fazia mais sentido irmos lá no campo, em um lugar grande e aberto e olhar para o céu. Fundir-se com o azul e Deus.

Marília não objetou, concentrada em se lembrar das preces que sua mãe lhe ensinou quando era pequena.

"Santo Anjo do Senhor, meu zeloso guardador, se a ti me confiou a piedade divina, sempre me rege, me guarde, me governe e me ilumine. Amém". Podia quase ouvir a voz de sua mãe balbuciando aquelas palavras, mas resolveu não verbalizar.

— Imagino que vocês tinham educação religiosa. Suponho que conhece mais orações até que eu. Faça alguma que preferir.

— Vou dar meu melhor — disse a menina. E começou: — Querido pai do céu! — Karol olhou para Marília para ver se estava fazendo certo. Pela expressão em seu rosto, concluiu que estava no caminho correto e continuou: – Agradeço a ti pela Colina de Bolinhas que fica atrás desta casa. Agradeço pelo meu abacateiro Mágico Viçoso, pelo Riacho Tortuoso e a ponte. Tenho de achar um nome para a ponte... Estou extremamente grata pela princesa Alva e por todas as outras flores e plantas deste lugar maravilhoso. Abençoe este lugar e me dê duas graças: a de ficar aqui para o resto da minha vida e a de ficar mais bonita quando crescer. Amém. Era isso? – perguntou, levantando-se e olhando para Marília com um ar embevecido.

Marília só não se irritou com a menina porque imaginou que as tias da Casa do Menor não a ensinaram direito.

– Deite-se agora e amanhã vamos rezar uma oração de verdade. Vou trazer da capela alguns santinhos com orações lindas escritas atrás.

– Não é melhor procurar na internet? Mais fácil – sugeriu Karol, decidida.

– Não temos internet.

Marília se preparou para sair do quarto e ia apagar a luz quando Karol a chamou.

– A senhora acha que Deus escuta mais uma prece feita por mim ou uma prece dessas prontas?

– As preces prontas foram pensadas por alguém e trazem mensagens bonitas. – Foi o que Marília conseguiu pensar como resposta. – Agora durma!

– Sim! Vou fechar os olhos e pensar nas ovelhinhas da Colina de Bolinhas até adormecer.

Marília foi para seu quarto com o firme propósito de trazer da capela, no outro dia, uma boa quantidade de santinhos e novenas. Procurar na internet! Ela nunca tinha feito tal coisa. Pensou também em comprar um terço para a menina. Além disso, Karol estava na idade de fazer a catequese e a primeira comunhão, ou já havia feito? Marília não sabia, mas se deu conta de que agora, como mãe de primeira viagem, teria de se preocupar com essas coisas.

8

Começa a educação de Karol

Marília acabou não falando com Karol de manhã sobre a decisão tomada. Mostrou a ela onde ficavam os itens importantes da casa e elas arrumaram as poucas roupas de Karol no guarda-roupa do quarto de hóspedes. Marília planejou comprar algumas coisas para o quarto ter mais personalidade. Os poucos adereços do quarto eram brancos, assim combinariam com qualquer coisa que Karol quisesse. Mal sabia ela que Karol encheria o quarto com canetas coloridas, flores naturais e *stickers* de flores, corações e borboletas.

Marília ficou satisfeita com a obediência e o cuidado da menina. Já estava a considerando como parte da família. A única coisa que a inquietava foi que a criança tendia a se perder em pensamentos e esquecer de suas obrigações, e aquela seria a sua grande tarefa como educadora.

Logo após o almoço, Karol não se conteve e perguntou se iriam viajar.

— Dona Marília, me diga se vamos voltar a Casa do Menor e vão me devolver. Eu me segurei a manhã toda, mas não aguento mais e quero ouvir a resposta nem que seja uma notícia ruim — falou, mordendo o lábio inferior enquanto aguardava a resposta.

— Pedi a você para secar a louça para mim — disse Marília, inalterada. — Termine isso e conversamos.

A menina pegou os três pratos, secou com cuidado e os colocou no armário. Fez o mesmo com os talheres. Assim que terminou, voltou e olhou para Marília com ar de dúvida, os olhos implorando uma resposta.

— Bem — disse Marília, que queria verbalizar para não mudar de ideia. — Vou dizer a você a nossa decisão. Matheus e eu resolvemos ficar com você, desde que se comporte e não nos incomode.

Marília viu o corpo da menina relaxar e as lágrimas brotarem.

— Não precisa chorar, menina! — apressou-se em dizer Marília, que não sabia lidar com muitas emoções, nem dela e nem de outros.

— Não consigo — disse Karol entre pequenos soluços contidos. — A senhora não consegue imaginar o que isso significa para mim. Estou tão feliz que parece que algo vai explodir e deve ser isso que causa as lágrimas. Vou ser obediente. Jamais vou incomodar. Prometo! Faço o que quiserem. Vou ajudar a senhora, vou estudar, e estou tentando parar de chorar, mas é impossível.

— Sim, mas vai ter de aprender a se conter. Sente-se ali e pense noutra coisa até se acalmar — orientou, mostrando a rede que ficava na varanda e ela via através da janela enquanto varria a sala. — E vou matricular você na escola. Não preciso nem dizer que isso é obrigatório.

— Como a senhora quer que eu lhe chame? — perguntou Karol, insegura.

— Ora, me chame de Marília.

— Parece desrespeitoso — retrucou Karol, começando a relaxar e balançando na rede alto demais.

Mas Marília não falou nada. Pelo menos havia parado de chorar.

— Não vejo assim. Todo mundo aqui me chama de Marília, ou pelo menos os mais conhecidos. E você mora conosco — disse. — Os mais distantes dizem dona Marília, mas aí me parece formal demais.

— Não posso chamar de tia Marília? Fica mais familiar. Nunca tive parentes.

— Não sou sua tia, portanto não acho que tia seja o correto. Sei que tem muita gente que acha natural chamar assim e você parece que chamava as moças da Casa dessa forma, mas na nossa família isso não é um costume, e não acho que eu goste.

— Podemos fazer de conta que é minha tia.

— Já disse que temos de deixar esse faz-de-conta de lado e aceitar a realidade.

Karol notou que Marília não estava gostando da discussão e não era o dia de criar polêmica.

A mulher, por sua vez, não podia imaginar alguém a chamando de mãe e ela mesma sempre chamou a própria mãe pelo nome de batismo, conforme a cultura de seu país natal. Além disso, aquela fase era a de estágio de convivência. Se o período fosse positivo, eles iniciariam o processo de adoção. Melhor ser mais conservadora.

— Então não tem problema. Chamo como você preferir, Marília.

— E já aproveite para pegar ali em cima da mesa de centro um montinho de santinhos que o Matheus trouxe da capela a meu pedido hoje de manhã. Tem várias orações lá para você. Pelo menos o Pai-Nosso, Ave Maria, Glória ao Pai e o Salve Rainha quero que aprenda e decore. Com isso, já pode rezar o terço.

A menina saiu da rede e entrou na área da casa onde ficava a grande sala junto com a cozinha americana que Marília ainda varria.

— Sim. Não vou mais fazer orações por mim mesma. Na verdade, me pareceu uma oração extraordinária, mas agora já nem lembro mais das palavras que usei. Na hora, achei que estava genial e poética e depois pensei que tinha de ter escrito. Já lhe aconteceu de pensar algo fabuloso e depois esquecer?

— Karol, quero que aprenda que quando te peço para fazer algo, como agora, que você faça e não fique dissertando sobre isso. Está claro?

Marília saiu rapidamente da casa para buscar um balde na área de serviço, a qual ficava no prédio ao lado. Quando voltou, cinco minutos depois, encontrou Karol na sala, santinhos na mão observando um quadro que a mãe de Marília ganhara havia muitos anos. O quadro mostrava Jesus que abençoava crianças.

— Achei que você ia aprender as orações dos santinhos — repreendeu Marília.

Karol deu um pulo ante a interrupção inesperada.

— Desculpe, mas vi esse quadro e não pude deixar de contemplá-lo. Fiquei imaginando que era uma dessas crianças. Aquela de vestido azul ali no fundo. Ela parece bem abandonada, como eu. Talvez seja órfã. Mas também será abençoada. E por que Jesus tem essa cara tão triste? Jesus sempre aparece triste nos quadros.

— Karol, isso pode ser considerado herege!

— Como assim? Não falei nada que negue a doutrina católica. É só a representação do artista — argumentou Karol. — E é uma representação adaptada, pois as pessoas são todas brancas. Provavelmente na realidade eram semitas, ou seja, de raça mista.

— Sempre argumentando. — Marília revirou os olhos. — Mandei estudar os santinhos e é o que esperei. Vamos lá! Quero te ver sentada no sofá decorando as orações.

Karol se sentou no sofá, encostou o santinho em um copo com água em cima da mesa de centro onde havia colocado uma das camélias que havia colhido sem autorização. Marília nunca colhia as flores. Ela só não falou nada porque não valia a pena ficar implicando com tudo o que a menina fazia. *Sem tolerância não há convivência*, ponderou. *E bem que o aroma dá um sentimento bom.*

— Eu gosto dessa oração — disse a menina, minutos depois. — A tia da religião sempre dizia essa prece e acho que até já a sei de cor. É poética.

Karol se aproximou da camélia e ficou cochichando com ela. Talvez dizendo a prece em voz baixa. Marília resolveu não se importar e continuou seu trabalho.

— Dona M... Quero dizer, Marília, você acha que vou ter uma amiga por aqui? Uma alma gêmea, uma amiga-irmã, daquelas para quem vou contar tudo. Você tem uma amiga assim?

Marília pensou na vizinha, mas não conseguiu identificar o que Karol estava dizendo em sua amizade com Raquel.

— Bom, tem a Diana aqui perto. Ela vai ser sua colega na escola e acho que seria bom se fizessem o trajeto juntas. Mas para isso tem de ser uma menina educada. A mãe dela não gosta de meninas desobedientes.

Karol olhou para Marília com a camélia entre os dedos. Ela rodava a flor como que hipnotizada.

— A Diana é obediente? Como ela é? Morena? Não deve ser feia como eu.

— A Diana é bem apresentável. Sim, ela tem cabelo negros. No fundo, só me interessa se ela tem bom coração e boa índole. Não serve para muita coisa ser bonita. A não ser que siga a carreira de modelo.

Marília se sentiu satisfeita passando uma mensagem educativa à sua nova filha.

— Apresentável? — disse a menina. — Não deve ser bonita, então! Pior que isso é só se for chamada de simpática. Eu conheço bem isso.

— Karol, ela é, sim, bonita e você também. Meninas jovens são sempre bonitas.

— Você está sendo gentil.

— Enfim... A oração já está decorada? Se não, vá para seu quarto decorá-la que quero passar cera aqui na sala — disse Marília, sem paciência para conversa, pensando nos afazeres.

— Vou e vou levar esta camélia linda. Posso?

— Não costumo colher flores das árvores — disse Marília, aproveitando a deixa.

— Pensei nisso quando a colhi. Eu devo ter encurtado a vida dela e isso não foi legal, mas não consegui me conter! Estas pétalas aveludadas e este cheiro delicioso... O que você faz quando tem muita vontade de algo?

— Eu me contenho. É para isso que temos cérebro. Para decidir. E agora vá para seu quarto que estou atrasada com meu serviço.

9

Uma promessa solene

Alguns dias se passaram. Karol já estava acostumada com Alfombra Verde e seus pais adotivos, assim como com Raquel, a vizinha que adorava saber da vida dos outros e morava na casinha cor-de-rosa.

Karol passara dias dando nome a tudo o que rodeava a casa, a todas as ovelhinhas e bezerros. Muitas noites sua cama exalava o cheiro das camélias, em cujo pé havia se encabritado com a destreza de quem pesa pouco. Matheus pendurou um pneu no salgueiro chorão, e Karol se assemelhava a um pêndulo ao vento. Por diversas vezes, Marília teve de gritar pela janela da cozinha, de onde via a menina, para que não exagerasse na altura. Ela, por sua vez, olhava para o céu, seu corpo leve se estendendo ao movimento até que ela ficava quase deitada; jogava a cabeça para trás e o cabelo encaracolado quase encostava na grama.

Marília imaginava um acidente, Karol caindo e ela e Matheus tendo de correr ao hospital, mas logo se voltava para seu trabalho.

Não faria nenhum sentido ficar cuidando de Karol como se fosse algo que iria quebrar. Não seria bom para ninguém, e ela aprendera na sua família a respeitar os espaços de cada um. Ela se limitaria a alertar sobre os riscos. Karol teria de ter discernimento para não correr perigo, pois é o que Marília esperava de alguém de onze anos. Além disso, por vezes ela não estaria vendo Karol, pois a propriedade era grande o suficiente para que ficasse fora de vista.

Marília não via a hora de apresentá-la a Diana e ficar tranquila que brincariam juntas, o que era, com certeza, mais seguro.

Naquele dia, Marília saiu cedinho para matricular Karol na Escola Municipal que ficava há cerca de setecentos metros de Alfombra Verde.

A escola era nova, construída nos anos setenta. Marília lembrou que ela e Matheus haviam cursado uma escola bem distante. Tinham de caminhar alguns quilômetros a pé e, em geral, tentavam ir a cavalo. Outros tempos.

Quando voltou para casa, Marília viu Karol lendo na varanda, deitada na rede, uma perna magricela, a que ficava fora da rede, balançando no ar.

— Tenho duas novidades — disse, entrando na casa e largando algumas batatas que havia comprado no caminho em cima da bancada. Pela janela, mas ainda deitada na rede, Karol a olhava com grandes olhos escuros, olhos de quem amava novidades. — Primeira, você está matriculada na quinta série da escola aqui perto. Segunda, você vai ser colega da Diana, nossa quase vizinha, e agora à tarde vamos lá para eu te apresentar a ela e à mãe dela.

— Marília... — disse Karol sem graça, o que tornou Marília completamente confusa, uma vez que esperou que Karol levantasse da rede e começasse a pular feito uma bola de pingue-pongue desgovernada, como costumava fazer quando estava feliz. — Estou com medo duplo — disse com olhos sofredores de cão perdido.

— Medo? Você? — surpreendeu-se Marília, lembrando de uma vez quando uma Karol furiosa xingou a vizinha Raquel.

A velha senhora havia comentado que ela era magricela. Mas foi merecido. "Quem diz o que quer, ouve o que não quer". Entretanto, Marília havia castigado Karol para ensiná-la a não se deixar influenciar pela grosseria dos outros. Foi a oportunidade de ensiná-la como responder casos como aquele sem aceitar a grosseria, mas de forma educada e firme. A menina não era uma ovelha, e isso era bom. Já a protegeria de ser vítima. *Melhor assim que o contrário*, pensou.

— Sim! Você disse que ela é a única coleguinha que mora aqui perto. Se ela não gostar de mim, estou fadada a ficar solitária para sempre.

— Nossa, que drama! — disse Marília, rindo. — Por que não gostaria de você? Basta não chegar lá cacarejando como você sempre faz. Dê espaço para a menina falar também e ela vai gostar de você.

— Viu! Você mesma admite que existe uma chance de ela não gostar de mim.

— Estava brincando. Sério, coloque uma das roupas novas que compramos ontem, mas só depois do almoço para não derramar nada. Sei como você é estabanada com a comida.

Karol fez uma careta. Marília a tratava como criança. Lembrou-se das roupas de liquidação que haviam comprado juntas e pensou se havia algo que pudesse colocar para se sentir bonita perto de Diana. Teve um monte de roupas que Karol adorou na loja, mas Marília era supercuidadosa com o dinheiro e ela não quis abusar, já que estava havia pouco tempo ali e era grata demais por tudo o que faziam por ela.

Pelo menos agora ela tinha alguns vestidos.

Na hora do almoço, Karol não parava de se mexer na cadeira, parecendo pipoca dentro de um micro-ondas. Marília não quis implicar, afinal entendia que a menina não havia aprendido a criar um círculo social próprio no abrigo, e, portanto, estava nervosa. Ela também sabia que o palavreado esdrúxulo de Karol espantaria um pouco a família, mas estava segura de que isso até causaria uma boa impressão à mãe de Diana, que interpretaria seu vocabulário como um sinal de inteligência.

— Matheus, vou conhecer a Diana, minha futura amiga do peito, melhor amiga e irmã.

As sobrancelhas de Matheus se arquearam.

— Como assim? Você não conhece a menina, e está dizendo que ela será a sua amiga do peito e irmã?

— Sim! — exclamou Karol, agitando-se tanto que quase derrubou o prato que estava à sua frente, causando um ar surpreso em Marília que, poucos segundos depois, revirou os olhos em uma mistura de alívio e desaprovação. — Você lembra que minha tática é acreditar que uma coisa já aconteceu e aí ela acontece. Diana será minha melhor amiga!

Matheus se levantou da mesa com o prato na mão, pensando no que Karol havia dito. Ele sempre foi um menino tímido. Pensou em como teria sido sua vida social se ele tivesse sido tão resoluto quando Karol em relação às meninas. Talvez tivesse se casado.

Quando Marília terminou o cafezinho usual pós-refeições, Karol estava ao lado dela.

— Roupa nova! — disse Matheus com um olhar de aprovação.

— Batom! — falou Marília, horrorizada. — De onde você tirou isso? Pode esquecer! Enquanto estiver conosco, não usa batom na rua.

Karol ficou como que congelada onde estava e, de susto, lágrimas começaram a rolar nas suas bochechas avermelhadas.

— A senhora vai me mandar embora? — perguntou Karol, assustada.

— Não — disse Marília em tom conciliador quando viu que sua reação foi forte demais. Ela odiava se impacientar. Eles viviam em harmonia e assim continuariam. — Vamos definir de uma vez por todas que o fato de eu não gostar de algo não significa que vamos te devolver. Pais tem o dever de educar e assim vamos te repreender, mas não precisa ter medo de ser devolvida. Isso não é uma condição saudável e ninguém deve viver um relacionamento onde se sinta desconfortável. Vou te dizer e vamos resolver, sem drama. Agora lave o rosto e tire o batom, por favor.

Karol pensou em teimar, pois achou um absurdo não poder usar batom, mas o argumento de Marília foi bem convincente. Sim, ela queria ter uma família e segurança e isso implicaria em compromissos.

Enquanto ela corria para o banheiro tirar o batom, ainda ouviu Marília dizer:

— Dentro de casa você pode usar batom. Só não quero que saia na rua com ele. Você ainda é criança. Vai ter tempo de ficar mocinha.

Marília estava decidida a mostrar a Karol o caminho que ela faria até o ponto onde encontraria Diana para irem juntas à escola. Por fim, saíram de Alfombra Verde até a estrada onde ficava a casa de Raquel. Marília a cumprimentou com a cabeça, enquanto Karol começou a buscar algo dentro da mochila para evitar de ter de saudar Raquel, até que sentiu um puxão no braço dado por Marília e acenou para Raquel com um sorriso amarelo.

O local onde ficava Alfombra Verde era uma região de chácaras. Algumas ficavam vazias durante a semana, mas cada vez mais gente se aposentava e passava a morar ali. Isso dava um certo alento a Marília, que não gostava da ideia de uma menina tão jovem andando em ruas isoladas. Karol não parecia ter nenhuma preocupação e Marília realmente ficou indecisa se queria assustá-la com coisas como criminalidade ou se queria deixar Karol ter seu bom senso. Decidiu dizer:

— Quando você caminhar por aqui indo para a escola, nunca fale com estranhos e nunca, mas nunca mesmo, entre em algum veículo.

Depois de dobrar a esquerda e andar mais uma quadra, chegaram à esquina onde havia uma placa de entrada de uma chácara chamada "Recanto do Ananaí". Karol fez uma nota mental para olhar no dicionário, o qual trazia na mochila com ela, o significado de "Ananaí".

Chegaram à chácara e Marília bateu palmas em frente ao portão de ferro. Uma pequena placa indicava "Chácara Doce de Leite". Marília pegou na mão de Karol e se assustou com a mão gelada da menina.

Uma mulher de rabo de cavalo, traços levemente orientais e expressão decidida veio até o portão para abri-lo.

– Temos mantido fechado. Até nossa querida Tatuí tem ficado perigosa – dizia, enquanto as acompanhava até a casa.

A casa da família Lima era realmente da cor de um doce de leite esmaecido. Karol chegou a se esquecer de seu nervosismo pelo seu encantamento com o nome. "Chácara Doce de Leite", tão doce quanto a amizade que ela estava prestes a começar com uma Diana que sequer conhecia, mas já adorava. Ela sabia que seriam irmãs. Ela faria festas de pijama, alguém com quem confidenciar e para quem contaria coisas que ninguém mais saberia na vida. E na chácara de Diana havia uma piscina. Havia algo mais bombástico que isso?

Diana estava na rede, lendo um livro, e isso já provou para Karol que elas eram almas gêmeas. Ela lembrou de Marília chamando Diana de "apresentável". Ela era bonita, isso sim. Os olhos tinham o toque oriental da mãe, mas a pele lembrava também o doce de leite do nome da propriedade, diferente da tez clarinha da mãe. Ali se via várias raças misturadas, a cara do Brasil.

– Diana, venha conhecer Karol. Assim você larga um pouco este livro e brinca com alguém na rua – disse a senhora, sumindo logo em seguida com Marília em algum cômodo e deixando as meninas sozinhas na sala.

Karol se sentou na poltrona perto da rede onde Diana estava. A deusa da caça parecia mais uma deusa indígena, com seu cabelo negro pesado e franja espessa. Karol só pôde invejar aquele cabelo liso, lembrando da dificuldade em docilizar seus cachos, o que fazia com que ela normalmente amansasse a fera com seu melhor amigo: o elástico de cabelo. Ela imaginou que o elástico daria a Diana um rabo de cavalo móvel e balançante, diferente do seu arbusto redondo e imóvel.

– Diana – cumprimentou Karol, movimentando as mãos em uma demonstração de ansiedade. – Será que podemos ser amigas? Queria ter uma amiga do peito.

Diana olhou para ela e sorriu.

– Você é bem direta, hein? Em geral, a gente conhece alguém e no dia a dia a gente vê como a amizade progride. – Diana se levantou e se sentou no braço da poltrona onde Karol estava. – Mas sim! Vai ser perfeito se virarmos amigas do peito, porque não tenho nenhuma amiga aqui por perto e minha mãe não me deixa ir longe. Hoje dependo dela para visitar minhas amigas.

– Então pronto – disse Karol, abraçando a amiga com os olhos apertados. – Vamos ser amigas para sempre. Vamos jurar.

– Acho um exagero jurar – disse Diana, sem jeito. Quando viu o rosto exasperado de Karol, Diana quase se arrependeu. O desespero de Karol era latente. – Serve fazermos uma promessa que vamos nos esforçar para sermos as melhores amigas?

Ela sentiu o rosto de Karol se iluminar.

– Sim! – exclamou Karol, quase gritando. – Sim! Sim! Sim! Nossa amizade aquecerá a nossa alma, mesmo nos dias frios de inverno. Será como uma árvore, não necessariamente grande, mas com raízes profundas.

Diana ria com o ar teatral que Karol dava ao momento.

– Você é diferente, mas tenho certeza de que vou gostar de você.

Marília e a mãe de Diana entraram na sala e encontraram as duas meninas rindo juntas. Combinaram que as meninas se encontrariam todas as manhãs em frente a Chácara do Ananaí para fazerem o percurso da escola juntas.

— Eu sempre acompanhava a Diana até a escola, mas ela já está em idade de ir com uma coleguinha — disse a senhora Lima ao se despedirem.

Quando caminhavam de volta a Alfombra Verde, Marília comentou:

— Pelos risos, vocês já se deram bem.

— Com certeza! — Karol suspirou. — Fiquei com medo de que ela não quisesse ser minha amiga. Mas, agora que deu certo, estou cheia de planos. Podemos visitar o riacho, brincar no pátio e até fazer uma casa na árvore como de filme. Você viu que eles têm uma piscina? Vamos assistir filme e comer pipoca e ela pode dormir lá em casa. — Marília olhou para ela com um ar que fez com que Karol emendasse imediatamente: — Se você deixar, é claro!

Sorriu amarelo. Mas um segundo depois voltou a ser a Karol de sempre.

— Acho que Deus ouviu minhas preces. Talvez tenha valido a pena tantas orações que aprendi nos últimos dias. Você viu que lindo o cabelo da Diana? Ele brilha. Eu queria ter um cabelo lisinho e balançante como o dela. O meu nunca fica comprido, só enrola. O aniversário da Diana é em fevereiro e o meu em março. Não é uma coincidência? A gente pode até fazer uma festa juntas. Lá na Casa do Menor, eles festejavam meu aniversário, mas não era com amigos, e sim com as crianças de lá. Bem, eram meus amigos, mas é *diferente* de convidar alguém, escolher quem vai e o que vai ter... Posso? — Olhou de novo para Marília com cara de quem sabe que está exagerando nas vontades.

— Vamos ver até lá — disse Marília, que não queria alimentar demais as expectativas de Karol, já que na sua opinião galopava rápido demais nos planos. — Pelo jeito Diana não se importou com a sua tagarelice. Eu ouvia lá do quarto a sua voz incansável.

Provavelmente a menina já sabe de toda a sua vida – concluiu Marília em tom jocoso.

– Tagarelice não – disse Karol, séria. – Loquacidade.

– Esta, com certeza, veio do seu dicionário – falou, abrindo a porta da casa e olhando ao redor para ver se identificava onde Matheus estava.

– Esta e as outras. Todas vêm do meu dicionário – concluiu a menina, atirando-se no sofá com ar feliz.

– Nem tudo. Com certeza você aprendeu palavras falando com as pessoas ao seu redor na Casa do Menor, ou com sua família. – E Marília imediatamente se sentiu constrangida com a ideia da família biológica de Karol. Até por não saber se aquele tempo traria lembranças boas ou ruins. Karol não pareceu se abalar.

– Ah, isso. Entendi. Bom, aprendi o trivial – completou, enquanto pegava um pão da cestinha que Marília enchia preparando para o café da noite. – Hum! Está quentinho. Matheus deve ter passado há pouco na padaria. Pegue um! – disse, empolgada.

– Coma, você que é magrinha e precisa crescer. Vou esperar a hora do café da noite porque já não cresço mais – disse Marília e se sentiu como que repetindo algo que ouvira de sua mãe.

Todos os dias aumentavam as suas lembranças de sua mãe de uma forma doce. Algumas cenas pareciam déjà-vu.

Matheus entrou pela porta vindo do pátio onde esteve cuidando dos animais.

– Ah, já voltaram.

– Tenho uma amiga, Matheus! Uma amiga do peito. Vou contar para as ovelhinhas.

E saltitou porta afora.

– Ela já está se sentindo em casa. Isso é bom – comentou Matheus, tirando as botas e colocando um chinelo, o que significava que havia terminado o trabalho diário.

– Quase que demais – pensou Marília, mas sem maldade.

10

E começa a escola

– Foi bem fácil achar a Chácara do Ananaí! Marília estava preocupada que eu fosse me perder e quase veio até aqui comigo. Mas sei vir sozinha! Sua mãe veio contigo também? – E, sem esperar que Diana respondesse, estilo Karol, continuou: – Estou supernervosa por entrar numa sala de aula cheia de gente que não conheço. Ainda bem que estamos na mesma sala. Eu ia *morrer* sozinha!

Minutos após as duas terem se encontrado na esquina combinada, Diana acompanhava Karol a passos rápidos. Com uma caminhada de pouco mais de cinco minutos, as meninas chegaram a um prédio de tijolos estreito, onde letras brancas pintadas no segundo andar indicavam "E. E. Selênio Antunes".

Karol não conseguiu evitar o comentário:

– O pai dele deve ter sido químico.

– Do que está falando? – perguntou Diana, olhando para Karol sem entender nada, enquanto cruzavam o portão de entrada onde jovens de diversos grupos as olhavam, já identificando que havia alguém novo na escola.

– Do Selênio – respondeu Karol de cabeça baixa, sentindo os olhares pesarem sobre ela como já esperava, mas que ainda assim não chegavam sem incomodar.

— Selênio? — Diana estranhou o comentário sem contexto de Karol, quando duas meninas saltitantes se juntaram a elas.

A vida escolar e social de Karol em Tatuí se iniciava e o Selênio caía em esquecimento. Durante o almoço, Karol assegurou Marília que a manhã tinha sido tranquila e que já teria pelo menos mais duas amigas.

— Adoro o caminho de volta, principalmente depois da Chácara dos Ananaís. À proposito, já sei o que são Ananaís. Olhei na internet na escola. É um patinho bem feio. Fiquei me perguntando se foi um desses patos que foi criado por cisnes na historinha. Vocês sabem se o dono na chácara é escritor? Já pensou se foi ele quem escreveu?

— Não creio — disse Marília, servindo-se de arroz e feijão fumegantes. — Essa história é bem mais velha que Tatuí.

— Você tem razão, Marília. Mas gosto de imaginar coisas extraordinárias como morar perto do autor de uma história famosa como o "Patinho Feio". Agora, sempre que passar na Alameda dos Amantes para chegar...

— Alameda dos Amantes? — interrompeu Marília, confusa.

— Ah! É o nome que dei a alameda de palmeiras que sai aqui da nossa propriedade.

Marília não deixou de notar o termo "nossa propriedade".

Karol continuou:

— Não que amantes andem realmente por aqui, mas Diana e eu começamos a ler um livro hoje na escola e tem uma alameda com esse nome, então o achei perfeito para essa entrada tão imponente e com palmeiras tão sociáveis.

— Palmeiras sociáveis? Karol, realmente não sei se onde você tira essas ideias. Agora almoce, que a comida sempre fica gelada enquanto você discursa. Depois quero saber que livro é esse sobre alamedas de amantes... Isso é para crianças mesmo?

À tarde, depois de organizar todos os afazeres, Marília se sentou na varanda quando o telefone tocou. A mãe de Diana queria saber se as duas podiam brincar um pouco, uma vez que o dever de casa estava terminado. Depois de se assegurar que Karol também havia terminado o seu, Marília autorizou a menina a ir visitá-las.

Diana chegou e passou o dia ouvindo o nome das coisas de Alfombra Verde, que não eram poucas. Marília chegou a se preocupar se a menina desistiria de Karol por sua forma inusitada de ser, mas ao vê-las retornar do passeio, bochechas vermelhas de tanto correr e famintas, as preocupações se dissiparam. Diana parecia pertencer ao grupo de pessoas que, como Matheus, achavam as divagações de Karol divertidas. Preparou um lanche para duas bocas famintas quando tocou o telefone.

— Não, ele não está — disse Marília em tom irritadiço.

— Era para o Matheus? — perguntou Karol. — Ele está, sim. Vimos ele há pouco alimentando os animais.

— Eu sei — retrucou Marília. — Mas é uma pessoa com quem Matheus não quer falar.

As meninas se olharam. No mesmo momento, Matheus entrou na cozinha, tirando as botas cheias de barro e as deixando no capacho.

— A tal ligou de novo — comentou Marília.

Matheus não disse nada e entrou para lavar as mãos.

— Quem é a *tal*? — perguntou Karol, que nunca havia ouvido nada semelhante desde que chegara.

— Não é coisa para criança — respondeu Marília, ríspida.

— Uhh! — disseram as garotas juntas em ar malicioso, sob um olhar de reprovação de Marília, que sumiu dentro da casa indo procurar Matheus.

11

A professora Joana

Setembro chegou e trouxe com ele estátices – ou sempre-vivas – floridas. Karol amava flores e tinha um nome poético para todas as florações, que eram muitas. Marília até se sentia mais motivada e aumentou os canteiros de flores com a ajuda da menina.

Naquela manhã, parada em frente à entrada da Chácara do Ananaí, Karol sequer lembrava do pequeno pato que tanto a fascinara no início da escola. Ela crescia e com isso os interesses da menina de quase doze anos também mudavam. O batom proibido por Marília agora ficava na mochila para uso ilícito.

Enquanto se deslocava rapidamente em direção à escola com Diana, a amiga comentou:

– Acho que Gilberto vai estar na escola hoje. Você ainda não o conhece porque ele cursou parte deste ano na cidade dos avós. Ele estava morando com eles, mas ontem fiquei sabendo que voltou. Ele é deslumbrante!

Karol olhou para Diana, curiosa.

– Gilberto, hein? Não é esse o nome que está gravado na madeira da carteira lá na sala?

– Sim! Não dá nem para saber quem foi. Todas já fomos apaixonadas por ele.

— Não sei se acho defensável destruir o patrimônio da escola gravando nomes de meninos. Meio estúpido. — Karol pensou um pouquinho e suspirou antes de concluir: — Mas mesmo sendo errado eu ficaria feliz se achasse o meu nome gravado em alguma carteira com um coraçãozinho.

As duas gargalharam e passaram pelo portão da escola de braços dados.

— O Gilberto, além de bonito, é o melhor aluno da classe. Ele é um pouco mais velho que nós. Ficou fora da escola porque passou um tempo com os avós. Não sei bem da história. Ele vai te destronar no papel de melhor aluna.

— Acho *ok*. Não sou competitiva. E a segunda melhor aluna tem nota colando. Eu a vi colando, mas não sou intrometida. Por outro lado, irrita que a melhor competição venha de trapaça — disse Karol, séria.

— Às vezes você parece uma menina-velha. Mas já me acostumei com o seu jeito diferente — disse Diana, fazendo cócegas na garota, que explodiu em gargalhadas, as quais só não foram ouvidas porque o sinal do início da aula estava soando.

Karol não precisou que Diana indicasse quem era o Gilberto.

Claro que ela entendia que as meninas o quisessem. Dois anos mais velho que os outros; ele realmente se destacava no grupo. Além de mais alto que todos os outros garotos, as sobrancelhas espessas davam um ar adulto e a voz dele... Ah, a voz dele. Era diferente da voz dos outros garotos. Ele tinha um ar inteligente, mas talvez mais audácia do que Karol tivesse esperado. Gilberto era o menino com mais segurança sobre o espaço ocupado que Karol já havia visto. Ele sabia que chegava e o espaço se enchia com sua presença, e não era porque acabara de voltar.

No decorrer da manhã, a professora de matemática mandou Karol ao quadro resolver um problema que ninguém tinha conseguido. Quando voltou à sua carteira de peito inchado por ter conseguido resolver sem dificuldade, seus olhos encontraram os de Gilberto, que piscou de forma mais charmosa que qualquer imaginação de Karol. O estômago dela pareceu ter bolhinhas dentro. Ela se sentou na carteira e as mãos não paravam de tremer.

No recreio, as duas meninas foram para o canto mais distante do pátio para confidenciar.

— Lindo! — admitiu Karol, quando chegaram ofegantes ao canto afastado e se sentaram em um pequeno muro. — Mas petulante. Acredita que ele piscou para mim?

— Jura? Uau! Ele nunca piscou para mim — disse Diana com um beicinho.

— Estava debochando, imagino — considerou Karol.

— Tenho certeza de que ele gosta de você.

— Ele é arrogante, Diana.

Diana olhou para Karol com grande surpresa.

— Acho que você está julgando demais o jeito dele.

— Você entendeu. Sei lá se ele gostaria de uma menina negra como eu.

— Credo, Karol. Que absurdo! Agora não te entendi *mesmo*. Ninguém dá bola para isso hoje em dia. Além disso, algo me diz que essa história será longa.

— Isso é o que você pensa — disse Karol. — Ou melhor, isso é o que todos *dizem*. Mas nunca olho o que as pessoas dizem, e sim o que elas fazem.

— Ok, dona filósofa. E o que ele fez?

— Piscou para mim. Tirando sarro!

— Tirando sarro? — Diana sorriu cheia de malícia. — Sei!

Voltaram correndo ao som da chamada da escola e, na segunda metade da manhã, Karol esqueceu da piscada do menino e suas mãos trêmulas. Estava fascinada com o texto que estavam lendo na aula de literatura.

Gilberto, que tentou chamar a atenção de Karol por mais de uma vez de forma sutil, estranhou a menina linda que não ficou o tempo todo olhando para ele, como era o caso de quase todas as outras garotas. Karol parecia ser a única que conseguia se concentrar na aula mesmo em sua presença.

Quase no final da manhã, poucos minutos antes do sinal tocar, Gilberto se levantou, aproveitando que a professora de matemática deixara a sala, e se aproximou de Karol, que estava totalmente imersa em seu livro.

– Molinhas! *Toin-toin*! – disse, segurando uma mecha de seus longos cabelos crespos presos com uma piranha.

Karol deu um pulo e olhou para ele enfurecida.

– Imbecil! – Levantou-se e colocou as duas mãos nos quadris. – Você se acha, não? Vê se cresce!

Um "ohh" em uníssono foi ouvido, produzido inclusive pela professora, que havia voltado para a sala, no mesmo momento em que o sinal avisava que era hora de ir para casa.

Saíram de dentro da sala, como sempre todos ao mesmo tempo. Vozes misturadas martelavam as paredes descascadas da escola. Gilberto apressou o passo e se colocou logo atrás de Karol e Diana.

– Ei, garota furiosa! Eu estava só brincando.

Karol continuou sem olhar para trás. Diana, que não conseguia imaginar que alguma menina pudesse ignorar Gilberto, virou-se com um sorriso amarelo.

– Ela... – começou, mas foi puxada por Karol para o outro lado sem conseguir dar nenhuma explicação a Gilberto, que ficou imóvel no meio da alcateia de alunos, os quais se deslocavam em direção a suas casas motivados por barrigas famintas ansiosas por um almoço de mãe.

— Está louca, Karol? — indagou quando estavam do lado de fora da escola.

— Que menino odioso. Ele estava falando do meu cabelo porque é preconceituoso!

— Karol! Não diga isso. Uma vez o vi zombando das tranças da Fernanda. Falou que ela parecia a Vandinha da Família Adams. É uma forma de ele chamar a atenção. E "molinhas" não foi ofensivo.

— Garoto detestável! E se acha irresistível!

E ele é, pensou Diana, porém não teve coragem de articular o pensamento para uma Karol com fumacinha saindo das orelhas.

Setembro continuou, mas não como sempre. Para Karol, a vida se dividia em AG e PG, ou seja, antes de Gilberto e pós-Gilberto. E a era pós-Gilberto era absurdamente mais interessante. O menino mais detestável da face da terra não lhe saía da cabeça.

— Marília — disse Karol em um sábado, enquanto arrumava um buquê de estátices em um vasinho que compraram juntas depois de Marília ter desistido de não ter flores cortadas dentro de casa. — Não é extraordinário que tenhamos alternância de meses e, assim, cada vez, novas flores? Vão-se as flores da princesa branca e as flores rosas das paineiras, chegam as flores de papiro roxas. Fico arrepiada de olhar o que a natureza consegue produzir! Demorei a acreditar que essas flores são de verdade mesmo.

— Falando em flores, à tarde a mãe da Diana e eu ajudaremos Raquel a decorar a capela para um casamento que acontece hoje à noite.

— Nós vamos? Vamos a um casamento? — perguntou Karol, parecendo um társio com seus enormes olhos amarelos.

— Deus me livre! Não é o tipo de coisa que Matheus e eu costumemos fazer.

— Ah! Eu ia adorar — comentou Karol, cheia de energia, começando a dar pulinhos feito um cabritinho faminto. — Um casamento! Um dia quero me casar. Quero a igreja cheia de flores e de todas as cores.

— Bom, o que posso fazer é ver com a mãe da Diana se levamos vocês para ver as preparações. Mais do que isso, nem espere.

Assim que as meninas chegaram à capela junto com as mães, quilos de plantas desembarcaram de uma van de Tatuí. Flores brancas foram saindo de baldes de água para formarem os lindos buquês que as mulheres afixavam nos bancos de madeira, instigando Karol a ver uma noiva imaginária andando entre elas.

Uma professora de inglês esbaforida entrou na capela, desculpando-se pela hora. A mãe de Diana a enlaçou em um abraço de melhor amiga, e ela se engajou na tarefa com as outras mulheres.

— Como a Karol está indo na escola? — perguntou Raquel à professora.

Karol notou que Marília não levantou o olhar para a conversa e continuou concentrada em amarrar um grupo de flores, cortando seus talos para que ficassem todos do mesmo tamanho. Por algum motivo, Marília parecia não gostar da professora.

— A Karol é muito inteligente — disse a mulher.

Karol percebeu que ela olhou para Marília, a qual não teceu nenhum comentário a respeito.

Diana e Karol foram explorar a área de fora da capela.

— Não se afastem — orientou a mãe de Diana.

Depois de muitos minutos iniciando uma brincadeira e outra, as duas se sentaram no chão atrás de uma mureta e estavam picando algumas flores amarelas de dente de leão quando ouviram a voz de alguém falando ao telefone. Estavam suficientemente distantes para que a conversa não fosse ouvida pelas outras mulheres. Karol colocou o dedo em riste frente aos lábios, indicando à Diana que ficassem em silêncio.

— Oi! Não posso falar muito agora — disse a voz, falando baixinho. — Estou aqui na capela ajudando com a decoração do casamento da Liana.

Fez-se um silêncio rápido, que as meninas interpretaram como o momento em que a pessoa do outro lado da linha estava falando.

— Sim! Também estou com saudades suas, meu amor — insinuou-se a voz feminina que Karol reconheceu como sendo da professora Joana.

Os olhos das meninas começaram uma gargalhada que não podia ser vocalizada.

— Nos vemos no final do dia, segunda. Já disse para o meu marido que terei aula de yoga e tenho certeza de que ele não desconfia de nada — continuou. — Até lá, amor.

Os olhos das meninas se inflaram como um baiacu assustado.

Assim que a mulher se afastou, as duas se levantaram e colocaram os olhos por cima do muro a tempo de verem a professora Joana retornar à capela.

12

Cartas com resultados trágicos

No dia seguinte, Karol e Diana tinham tanto assunto que o caminho da escola pareceu curto demais.

— Ela está traindo o marido! — exclamou Karol. — Isso não se faz. É errado. Ela está mentindo. Coitado do marido dela. Imagina ser traído? Diana, não gostei dessa conversa dela. E a sua mãe é amiga dela. Será que faz tempo que estão juntos? Nossa professora! Como vou olhar para ela na sala? Você não tem medo de começar a rir? Não vou te olhar quando ela entrar na sala.

Diana pareceu preocupada.

— Karol, acho melhor a gente esquecer isso. Pode dar problema.

— Eu fiquei curiosa. Você sabe onde ela mora?

— Claro que sei — disse Diana, convicta. — Esqueceu que ela é a melhor amiga da minha mãe? A tal amiga do peito que você tanto fala. Ela mora ali na rua de trás da escola, em uma casa branca. Os fundos dão direto no pátio. Mostro quando chegarmos lá. É a única moradia que tem um jardim à frente, as outras ficam todas próximas à calçada.

— Não sei por que as pessoas constroem casas dessa forma. Nós que moramos em chácara, com pátio e tudo... ia ser difícil.

Quando crescer, me casar e tiver meu lar... Ai, imagina que sonho, Diana, nós duas casadas e cada uma com a sua casa. Bom, na verdade não precisa ser casada para ter casa – disse Karol, corrigindo seu próprio pensamento. – Vou comprar meu próprio lar.

– Ontem, na igreja, você estava falando que ia adorar se casar. Estava falando do Gilberto, né? Já mudou de ideia?

– Eu só quis dizer que não preciso me casar para ter casa, mas não significa que não vou me casar. Eu e meu cônjuge podemos dividir, contribuir, partilhar, co-participar. Não mudei de ideia quanto a isso. Mas sobre Gilberto: Ele não, nunca – disse Karol, sombria. – Será que a sua mãe sabe? – questionou Karol, voltando rapidamente ao assunto da infidelidade da professora.

À tarde, Marília autorizou Karol a passar o dia com Diana na Chácara Doce de Leite. As meninas queriam pintar um livro de mandalas que Diana havia ganhado da avó. Elas costumavam se sentar lado a lado na mesa que ficava no pátio da chácara ao lado da piscina com seus lápis de cor e o livrinho, enquanto dividiam o trabalho. Ocupavam-se do livro, ficando Karol com a página par e Diana com a página ímpar. Pintavam ao mesmo tempo, tão próximas uma da outra que seus cotovelos brigavam por espaço.

A mandala de Karol estava pronta, e ela insatisfeita porque havia pintado um pouco além do desenho, e isso sempre a incomodava. O lápis de cor não podia ser apagado e Karol estava invejando o corretivo líquido que havia visto na escola e imaginando se conseguiria remendar a sua mandala quando a professora Joana chegou para visitar a mãe de Diana. Não era incomum que as meninas a vissem chegar à tarde. Muitas vezes, as duas mulheres passavam a tarde tomando chá ou cozinhando alguma coisa juntas.

Como as meninas haviam ouvido a professora falando com um namorado, ou pelo menos foi o que pareceu, no telefone, estavam curiosas para saber se a professora iria confidenciar à sua amiga do peito. Foi Diana quem teve a ideia de irem até a janela para ouvir o que as duas estavam conversando. Assuntos sobre bolos ou coisas domésticas não eram de interesse, mas a história de um namorado secreto parecia extremamente atraente.

— Primeiro a carta para o diretor e agora mandaram para a mãe de um aluno — contava a professora Joana. — Coisas horríveis! Dizia que tenho casos com homens casados e me acusava de beber uísque escondida no banheiro da escola e dar aula embriagada.

— Credo! — disse a mãe de Diana, horrorizada. — Quem teria interesse em lhe difamar?

— Bom, tenho uma desconfiança, mas não quero ser leviana. Já pensei se poderia também ser algum aluno. Sei que meus alunos são crianças, mas essas crianças estão cada vez mais ousadas. Mexem no computador melhor que a gente.

Karol e Diana se entreolharam, olhos sorrindo, bocas silenciosas. Cartas anônimas! A vida secreta da professora parecia mais interessante do que elas imaginavam.

— Tem aquele admirador secreto que você me contou. Eu nem acreditei... Parece o senhor mais correto da face da terra. Nunca imaginaria — disse a mãe de Diana.

— Sim, foi nele que pensei também.

Interesse se transformou em uma gigantesca curiosidade. Admirador secreto!

O resto do dia girou em torno do mistério. O amante da professora Joana evoluiu para uma história de ameaça anônima com apreciadores anônimos. Seria ele a pessoa do outro lado da linha do telefonema que elas ouviram? Ou se tratava de dois homens distintos e a vida da professora Joana era cheia de personagens masculinos, esposo, amante, admirador...

Meu Deus, ela era uma velha!, pensaram as meninas, mais tarde enquanto andavam de balanço.

— Deve ter mais de quarenta anos — comentou Diana, enquanto seu cabelo ondulava ao vento. — E ainda em uma vida cheia de romance! É esquisito.

— Será que é o caso de contarmos para a sua mãe sobre o telefonema que ouvimos? Eu não gostaria que alguém estivesse me traindo e ninguém me falasse nada. Imagina que triste. A sua mãe como melhor amiga dela poderia ver uma forma de convencê-la a parar com isso ou ser franca com seu esposo. Isso não se faz. Olha que céu azul maravilhoso! Dia, como te amo! — rebateu Karol, erguendo tanto os pés no ar que Diana achou que o balanço fosse virar.

Diana não conteve um grito.

Quando Diana voltou a respirar, vendo que a amiga não caiu, ela finalmente respondeu:

— Não vou contar. A minha mãe vai brigar comigo por ter ouvido conversa alheia e no final quem vai ficar de castigo sou eu.

Karol foi embora no final do dia determinada a contar a Marília. Afinal, a professora Joana não era a melhor amiga da sua família. Na verdade, notou que Marília sequer olhava para a professora.

Pouco depois, Marília buscou uma Karol efervescente como uma pastilha de Sonrisal e caminharam em direção a Alfombra Verde.

— Lembra do dia em que arrumamos a igreja? Ficou deslumbrante! Ainda não me recuperei de não poder ter visto o casamento. Foi um dia muito legal. Será que tem fotos? E a professora Joana ter aparecido para ajudar. Eu não esperei. Mas aqui a cidade é pequena e todos se conhecem. Eu poderia ter imaginado. Hum... e desde aquele dia que quero te perguntar uma coisa: Você não gosta da professora Joana, certo?

— Por que pergunta isso, Karol? — respondeu Marília, desprevenida.

Ela não tinha nenhum interesse em falar sobre a professora.

— Eu notei na capela, no dia em que vocês arrumaram a decoração de casamento. Ela falou contigo e você... fez que não ouviu. Virou a cara, fez cara de paisagem. Ok... Sei que é seu jeito, mas a mulher não sabe. Ela olhou para você várias vezes quando falou, esperando a sua reação que não veio. Ok... Sua formação alemã, sua mãe, sua cultura... Acho que já entendi vivendo todo este tempo com vocês.

— Você sabe que não sou de muita conversa. É meu jeito — esquivou-se Marília com os mesmos argumentos que Karol acabara de elencar.

— Não é isso, mas se prefere que eu pense que é, tudo bem. Estou aprendendo a dinâmica da casa. Não vou ficar te aborrecendo. Mas tenho entendido os telefonemas. O telefone toca, ninguém me diz do que se trata. Faço de conta que não sei. Não pergunto, mas contra a minha natureza... E agora isso...

O que ela tinha ouvido a pressionava como se fossem bolhas de ar querendo alcançar a superfície. Elas inevitavelmente se avolumavam, preparando-se para eclodir.

— No dia da capela, arrumando o casamento da tal Liana, a Diana e eu estávamos brincando e ouvimos a professora conversar com um homem pelo telefone — borbulhou Karol e no mesmo segundo começou a se sentir melhor de não ficar com aquilo guardado.

— Que homem? — questionou Marília com um interesse maior do que Karol esperaria.

— Não sei. Eu só ouvia o lado dela. O telefone não estava no viva-voz. Ela o chamou de "meu amor", acho. Disse que iria encontrá-lo e que o marido dela não sabia de nada. Maior mistério. Ela parece ter um lover, crush, namorado, amante. Uma mulher velha e casada. Adúltera. A gente nem podia acreditar. Ela chamou de "meu amor", falou que o marido não sabia. Coitado! Morri de pena.

– Você tem certeza disso, Karol? – A urgência de Marília ficou clara na voz.

– Sim! Nós ouvimos. Diana e eu até discutimos se ouvimos a mesma coisa. Ela parece ter um namorado. Ouvimos também ela discutir o assunto com a mãe de Diana. Sobre um admirador secreto que escreve cartas anônimas.

Karol fez um gesto malicioso. Marília não parecia estar mais ouvindo. Depois de alguns segundos, perguntou:

– Você contou isso a alguém? – A voz dela carregada de urgência soou estranha a Karol.

– Não. Claro que não! A gente ficou até na dúvida se devíamos contar a vocês e Diana não quis contar a sua mãe.

– Fez bem. Esqueça esse episódio e prometa não falar sobre isso com ninguém. – Estavam chegando à entrada de Alfombra Verde quando Marília a fez parar para encará-la. – Nem ao Matheus, Karol – adicionou em tom grave. – Entendeu?

– Fiz alguma coisa errada? – choramingou Karol.

– Não. Esqueça isso. Só que conversas que ouvimos sem autorização não devem ser repetidas. Aprenda isso.

Karol se preparou para retrucar, mas os receptores de suas narinas captaram um aroma que fez seu estômago roncar. O jantar passou a ter prioridade na lista de pensamentos e todo o resto ficou esquecido.

13

Uma afronta grosseira

O grito da professora ecoou nos corredores da escola ainda cheios de alunos, os quais seguiam até as salas de aula. Dejetos, incluindo fezes de cão, repousavam na cadeira destinada a ela. Karol era uma das últimas e se admirou com o caótico movimento dos alunos na direção oposta. Especulações e relatos começaram a se propagar entre os estudantes como um vírus em tempos de pandemia. Uma professora Joana com ar severo os informou que estavam dispensados. Assim que Karol começou a se movimentar com o grupo em direção ao portão de entrada da escola, uma mão masculina a segurou pelo ombro e o diretor sussurrou perto do seu rosto:

— Karol, você vem comigo.

Sua halitose misturada com um cheiro de menta causou um mal-estar imediato em Karol.

Diana parou. Algumas crianças olharam para eles. O diretor, carrancudo, fez sinal para que continuassem andando. Diana ainda ficou prostrada, indecisa, enquanto ele e Karol seguiam para dentro da escola.

A menina foi levada para uma desenxabida sala onde se lia na porta "Orientação Pedagógica". A professora Joana, com o rosto avermelhado pelo choro, recebia um copo de água das mãos de uma outra professora que Karol desconhecia. Quando viu Karol, ela bradou furiosa:

— Foi você. Admita!

Karol arregalou os olhos. A ideia a pegou tão de surpresa que o nó na garganta nem permitiu que chorasse.

— C-como? — gaguejou, seus olhos ardendo.

O diretor encarou a professora com ar de reprovação. O desconforto de todos encheu a sala. O homem olhou para Karol e indicou uma cadeira vazia.

— Karol — a voz do diretor estava um tom acima do normal. — Foi você quem colocou o lixo na cadeira da professora?

Karol, que ainda não conseguiu imaginar porque estaria sendo acusada, ficou sem ação. A ideia era tão inusitada que ela sequer sabia como reagir.

— Não! — gritou e as lágrimas finalmente começaram a rolar, mas agora era de raiva. — Por que está me acusando? Por que sou a única negra na sala?

O diretor se levantou de um pulo.

— Que ideia, Karol. Não acho que esta conversa esteja indo por um bom caminho — disse, levantando-se com intenção de acabar com aquela acareação que não estava sendo como ele havia imaginado.

Fora uma péssima ideia trazer Karol no calor da situação. Ele se arrependeu imediatamente de ter feito o que a professora Joana pedira.

— Não tem nada a ver com isso. Admita o que fez e que foi porque ele mandou você fazer. Admita! — exigiu a professora Joana, que já não chorava mais e sim havia levantado e apontava o dedo muito perto do rosto da menina.

— Ele? Quem? — perguntou Karol, desconcertada. — De quem a senhora está falando?

— Ora, de quem?! Não se faça de idiota. Seu "pai adotivo", quem mais? Ou ele pensa que não sei que é ele quem manda essas cartas me difamando. Tudo isso porque não correspondi às suas investidas! Sou uma mulher direita. Sou casada e mãe. O que ele quer? Destruir a minha vida?

As lágrimas rolavam no rosto da professora, o que transtornou Karol. Estaria ela falando de Matheus? A ideia de ir de bicicleta à lua parecia mais plausível a Karol do que a ideia de Matheus estar assediando a professora Joana. Apesar de Karol morar com os Koch havia menos de um ano, tinha certeza da inabilidade de Matheus para tal ação.

Karol foi ruminando a coisa toda no caminho de casa, mas quanto mais pensava, menos sentido tudo fazia.

Quando irrompeu no meio da manhã em casa, aos prantos, o rosto de Marília virou a face da insegurança. Com voz trêmula, ela chamou Matheus. Karol bebericava, com pouca convicção, a água com açúcar que ela havia preparado.

Sob os olhos gigantes dos dois irmãos que imediatamente reconheceram que se tratava de algo sério, Karol contou o evento da escola. Ela visivelmente havia chorado por prolongados minutos.

— Mulher detestável — explodiu Marília, direto para Matheus. — Como pode lhe acusar de uma coisa dessas?

— Por que ela acha que o Matheus iria me mandar fazer isso? — disse Karol, que esfregava a unha do polegar no indicador. — Você a conhece, Matheus?

Mas, antes que Matheus pudesse responder, Marília cortou o assunto:

— Isso não interessa. É uma acusação grave, e eles não tem o direito de fazer isso com você e nem com o Matheus. É ridículo! Amanhã, quando você chegar à escola...

Mas o pensamento foi interrompido por uma Karol já à beira da histeria.

— Nunca mais volto àquela escola! Imagina como vou voltar lá. Me expuseram. E eu sou a forasteira. A criança adotiva de Sorocaba. A culpada. A autora das cartas anônimas. O foco de tudo, o motivo pela falta das aulas. Todo mundo vai falar. Só imagino a situação. Não vou mais para escola, isso garanto.

Marília falou em tom mais alto do que gostaria, embora o autocontrole e Marília fossem quase inseparáveis.

— Isso nem se discute! O conselho tutelar cancela nosso processo de adoção. Isso não é uma escolha.

— Então vou para outra escola. Não volto lá! A senhora não entende, Marília? Eu fui insultada. E a professora acusou o Matheus. Isso é horrível. Acusar alguém como o Matheus que nunca poderia causar desgosto a ninguém, que vive para cuidar de Alfombra Verde, de nós e dos animais. Deve haver outra escola. Posso pegar um ônibus para Tatuí. Sempre quis ver a cidade. Eu juro que vou e volto direitinho. Não me façam voltar lá. Fui degradada, humilhada. Um opóbrio!

Nunca foi sábio discutir com a cabeça quente. Os antepassados alemães de Marília costumavam dizer que, se um problema é grande, deve-se dormir em cima dele. E foi o que planejaram fazer.

No entanto, o som estridente do telefone abriu a ferida de uma família que acabava de iniciar um processo de cicatrização. A mãe de Diana comunicou Marília que em função do acontecido na escola, ela preferia que Diana e Karol mantivessem distância até que tudo fosse esclarecido. A notícia fez com que Karol adoecesse, o que foi quase conveniente para dar um tempo entre o acontecido e a volta da menina à escola.

Em uma tarde da semana em que Karol se encontrava de atestado médico, ela estava deitada na rede na varanda quando viu Diana a chamando de forma furtiva na entrada da propriedade.

Karol, que estava sozinha naquele momento, correu para encontrar a amiga na Alameda dos Amantes. Sentaram-se no pequeno barranco, e Karol viu pela cara de Diana que nada havia mudado.

— Sua mãe não mudou de ideia, né?

Diana balançou a cabeça, pesarosa.

— Não. Ela foi envenenada por aquela mulher desprezível. Ela esteve lá em casa e fez um drama de novela mexicana. Ela tem certeza de que foi você quem colocou o cocô de cachorro na mesa dela. Disse que sumiram fotos da gaveta dela na sala dos professores e isso provaria que é alguém de dentro da escola que está fazendo isso.

— Eu nunca faria isso. Imagina entrar na sala dos professores e roubar coisas! E ela acusou o Matheus. Consegue imaginar isso? Ofendeu a minha família toda, não só a mim. Mulher sórdida, asquerosa. Acusar sem provas é crime. E o diretor não a puniu.

— Eu sei, amiga, mas a minha mãe acredita nela. Recebemos até uma carta lá em casa, chamando a professora Joana de nomes bem feios. Karol, você jura que não foi você que fez isso por causa do telefonema que nós ouvimos?

Karol não podia acreditar que Diana estivesse perguntando. Por outro lado, se elas eram amigas-irmãs, ela deveria confiar na boa intenção e Diana tinha um ponto.

— Juro por Deus que não! — disse Karol, sincera. — Por que eu faria isso? E nunca o Matheus me pediria para fazer isso. O Matheus é de uma bondade infinita. É monstruoso o que ela arquitetou. Ela o acusar é para mim a maior das ofensas.

— Eu tenho de voltar. Vim aqui correndo porque minha mãe saiu, mas ela volta. E se eu não estiver em casa... Já viu. — Diana se levantou e abraçou a amiga. — Eu acredito em você. Vou dizer para a minha mãe que não foi você, mas não sei se vou conseguir convencê-la. Ela confia muito na professora Joana. Elas são melhores amigas! E minha melhor amiga e a melhor amiga dela entraram em conflito.

— Não entrei em conflito com ninguém. Aquela mulher é louca. Ainda não fez sentido para mim de onde ela tirou que o Matheus teria me orientado a colocar dejetos na mesa dela. E ficou gritando, mandando eu admitir.

— Eu acho que sei — disse Diana, embaraçada. — Ela acusou o Matheus de a ter perseguido e assediado. Palavras dela.

— Persegui-la? Matheus? Você consegue imaginar isso? O que ela quer dizer com assediando? Ela quer dizer assédio romântico? Sério? Não existe a menor possibilidade de que o Matheus a esteja importunando. Posso atestar a sobriedade dele.

— Bom, não consigo imaginar ninguém perseguindo uma mulher velha. Mas talvez seja uma ideia nossa porque só conhecemos garotos que gostam de garotas. Mas velhos devem gostar de mulheres mais velhas também. Parece lógico.

— Bom, todas as pessoas podem ser atraentes a outras independentemente de idade ou aparência física. O fato é que o Matheus não perseguia meninas nem quando tinha a nossa idade. Eu perguntei para ele. É tão tímido quanto um floco de neve derretido.

Diana se separou de Karol temendo se atrasar. Karol, com lágrimas nos olhos, disse:

— Que maldade me separar da minha melhor amiga. Eu adoro você, minha amiga do peito. Nossa amizade será perpétua. Você também me adora?

Diana suspirou e a voz saiu trêmula:

— Claro que sim, sua bobinha. Tudo vai se resolver.

Diana tirou a pulseirinha de contas que tinham feito juntas e entregou a Karol.

— Fique com ela. Como prova de que vamos voltar a ser amigas assim que isso tudo se resolver. Se não foi você, foi outra pessoa, e assim que descobrirem o culpado vão te livrar desse fardo. Aí minha mãe não vai mais impedir nossa amizade.

A ideia ainda não tinha passado pela cabeça de Karol. Estava claro! Para que tudo voltasse ao normal, ela tinha de descobrir quem estava fazendo aquilo. Como não havia pensado nisso antes?

Karol voltou para a rede pensando em como elucidaria o mistério. Marília apareceu um tempo depois.

— Achei que eu ia morrer de tristeza de ficar sem a Diana. Ela veio aqui agora me contar que a mãe dela acredita naquela louca. E disse que a louca falou que o Matheus a estava assediando. Fui olhar no dicionário e quer dizer molestar, ser importuno. O que ela quer dizer que o Matheus fez? Eles se conhecem?

Marília deu um suspiro.

— Não queria falar sobre isso porque a mulher é, como você diz, uma louca. Mas não tenho escolha. Era ela quem estava assediando o Matheus. Ficava ligando aqui para casa, mas o Matheus jamais vai dar trela a uma mulher casada. Acho que Matheus não dá trela a mulher nenhuma. Só mesmo você, Karol.

— Não sei se entendi. Ela ligava para o Matheus e queria o quê?

— A gente também não sabe, Karol. Mas achamos que queria namorar o Matheus. Mesmo sendo casada — disse Marília, enrubescendo com a tão famosa vergonha alheia.

Na segunda feira seguinte, Karol saiu de casa cedo, resignada por não haver escolha, mas antes desabafou com Marília:

— Agora só me resta suportar o falatório do assunto do lixo, mas pelo menos vou ver a Diana. E não sei com que cara vou ficar na aula da rainha louca, mas não tem muito jeito. Mas não esqueça que só vou porque não quero causar problemas para vocês com o conselho tutelar. Pensei muito nisso. Vou mudar a estratégia. Em vez de deixar a ira me dominar, vou manter a calma e resolver nosso problema. Já tenho um plano.

— O Matheus vai te levar hoje para não ser tão difícil — disse Marília, apontando para a garagem onde o Uno já estava ligado. — É bom andar com o carro porque quando fica muito tempo parado acaba ficando sem bateria. E me assusto quando você fala em planos.

— Não precisava, mas então vou com ele. Fique tranquila. Não vou fazer besteira. Vou ser a melhor aluna da aula, assim a professora Joana não terá como me atingir. Esse é o plano.

— Essa é uma decisão acertada — disse Marília, dando um abraço em Karol, o que era terrivelmente raro.

O dia foi mais tranquilo do que imaginado por Karol.

No meio da aula, Diana mandou um bilhetinho a ela.

> "Para minha melhor amiga Karol, trecho do livro *Anne de Green Gables,* que lemos juntas no mês passado: *Quando o crepúsculo abaixa a cortina e a prende com uma estrela, lembre-se de que você tem uma amiga, embora ela possa estar distante."*

— Talvez as pessoas tenham esquecido um pouco o assunto, sabe? E, bem, ainda estou ressentida por não poder ir à casa de Diana. Ah, minha querida amiga do peito deve estar triste tanto quanto eu por não poder vir aqui também, mas ainda assim vou ser uma garota grata, já que as coisas parecem ter voltado ao normal. A professora nem mesmo olhou na minha cara, devo acrescentar, mas não se há muito o que fazer, visto que ela já demonstrava arrogância antes mesmo de toda essa bagunça. Nada mudou, não é mesmo? — contou Karol, enquanto jantavam.

Matheus continuava sem dar palavra sobre o assunto e Karol não ousou perguntar.

— A única coisa que me incomodou foi um menino que sempre fica me aborrecendo. Um tal Gilberto. A Diana acha que ele gosta de mim. Eu acho que ele me odeia. Um dia ele chamou o meu cabelo de molinhas! *Toin-toin*! – imitou – Ainda acho que ele é preconceituoso, apesar da Diana ter me garantido que ele faz piada com todo mundo. Mas ele pega direto no meu pé.

Para a sua surpresa, foi Matheus quem falou:

– No meu tempo da escola, os meninos incomodavam as meninas das quais gostavam, sim. Pelo menos, era o que todos diziam.

Marília se espantou com o comentário de Matheus. Se alguém tivesse contado essa cena a Marília, e ela não estivesse vendo, duvidaria que fosse verdade. Realmente Karol conseguia liberar um Matheus que ninguém conhecia.

– Não me parece fazer muito sentido. Você também incomodava as meninas que você gostava Matheus? – perguntou Karol, com uma honestidade que Marília só poderia invejar; ela jamais teria feito aquela pergunta a Matheus.

– Não – assegurou Matheus. – Eu não gostava das meninas. Gostei só de uma menina. E nunca a aborreci.

– E por que não se casou com ela? – perguntou Karol cheia de curiosidade.

Marília se retesou na cadeira.

– Uma vez, entreguei uma flor para ela na intenção de demonstrar meu afeto, mas não funcionou.

– Oh, Matheus, como eu ficaria deslumbrada se ganhasse flores, como nos livros românticos! Essa moça certamente não soube aproveitar essa chance, acredite em mim. Talvez nunca tenha lido Jane Austen. – Karol suspirou.

Marília se lembrava daquele dia. Matheus estava nervoso durante todo o percurso. Entretanto, a doce Fátima jamais entendera a mensagem, e o tímido Matheus jamais tentara de novo.

14

Karol resolve agir

O dia quatro de outubro trouxe uma festa religiosa na qual Marília e Raquel participariam. Era uma ocasião rara. O marido de Raquel as levou de carro para Sorocaba antes das luzes artificiais se apagarem.

— Matheus, você tinha aulas de religião quando frequentava a escola?

— Tinha.

Karol misturava o leite do copo com uma colher, beneficiando-se que Marília não estava para repreendê-la devido ao exagero no chocolate.

— É que, às vezes, não entendo bem como funciona. Existem católicos, como você e Marília, e tenho vários colegas evangélicos.

— Bem... Você não tem de pertencer a religião católica só porque Marília e eu somos dessa religião. Entendo que a escola vai te preparar para tomar as suas próprias decisões quanto à religião e a outros temas como política. Não é insubordinação pensar diferente dos pais desde que seja uma decisão fundamentada. Em muitos temas, não existe certo ou errado, e sim opiniões.

— Oh, Matheus, vocês são os pais mais formidáveis deste mundo! Eu entendo bem o que quer dizer com opiniões, como as opiniões que algumas pessoas têm de negros como eu.

— Isso não, Karol. — O rosto de Matheus escureceu. — Isso não é opinião, é racismo, e não deve ser tolerado. Não é a mesma coisa. Racismo é crime!

O telefone tocou. Marília não estava para interceptar as ligações, como vinha fazendo nos últimos meses. A mão de Matheus foi mais rápida que a de Karol, e ela o viu ficar pálido. Assistiu ele baixar o telefone, com os olhos perdidos no nada. Uma voz feminina exaltada foi ouvida antes do fone tocar o aparelho, encerrando a ligação.

— Quem era, Matheus?

Mas ela sabia.

— Ela me acusou de enviar uma ameaça de morte à casa dela. Disse que vai à polícia.

— Como assim? Essa mulher é louca. E você não disse nada? — espantou-se.

Matheus deixou a casa em direção às ovelhas. No meio da testa, um sulco se formou entre as sobrancelhas.

Karol chegou à escola e havia um enorme burburinho em torno de cartas anônimas que haviam chegado à casa de vários pais de alunos e outros professores. Nessa carta, segundo os rumores, havia fotos de uma mulher nua em uma montagem contendo o rosto da professora Joana. Hoje eles não teriam aula de inglês, visto que a professora havia deixado a escola chorando.

Mas se as cartas chegaram ontem, porque ela veio até aqui para ir embora de novo chorando?, pensou Karol.

À tarde Diana apareceu em Alfombra Verde sem aviso. Elas se sentaram na varanda. Diana insistentemente mexia nas unhas das mãos.

— Minha mãe também recebeu a tal carta agora depois do almoço.

— Ela sabe que você está aqui?

— Claro que não. Ela foi acalmar a professora Joana, e eu vim correndo aqui para falar com você. Não posso ficar muito tempo porque ela deve voltar logo para casa.

— Você viu a carta? Ela veio pelo correio? Tem mesmo fotos dentro? É montagem? Tem algo escrito? À mão? Ou impresso? Ou recortes de revista picotados, como nos filmes? — disparou Karol.

— Credo, Karol! Você parece a inquisição. Se me der um tempinho para me acalmar, conto a você tudo o que sei. Foi para isso que vim, não foi?

Diana contou que haviam recebido uma carta anônima pelo correio. A mãe não teria permitido que ela olhasse o conteúdo, mas assim que saiu para consolar a amiga, Diana encontrou o envelope, o qual trazia para compartilhar com a amiga.

Os olhos de Karol se avolumaram. Diana tirou um envelope da mochila. O coração de Karol batucava.

— Você ainda não olhou?

— Não — disse, as duas mãos trêmulas balançando o objeto misterioso. — Não tive coragem, achei melhor abrir aqui com você.

Havia duas folhas A4 dentro do envelope. Karol pegou uma delas na mão e soltou com um grito. A foto de uma mulher nua em uma banheira, os seios à mostra, sorria. Dava para ver que era uma colagem, feita com um corpo cortado de uma revista e o rosto da professora Joana. Uma mancha vermelha escondia a emenda.

— Isso é sangue?

Karol soltou a folha imediatamente em cima da mesa, como se ela tivesse queimado seus dedos. A mancha sugeria que o pescoço tivesse sido cortado.

Diana fechou os olhos com as mãos e espiou por entre os dedos.

— Isso é horrível!

— A gente não deveria estar tocando nisso — disse Karol em tom solene. — Eles podem querer verificar as impressões digitais.

— Eles? Eles quem? — perguntou Diana, confusa.

— A polícia.

Karol buscou um garfo para elas virarem a carta sem tocar. O texto na folha impressa adjetivava a professora com vários palavrões, alguns que as meninas sequer conheciam. Karol sabia que não estariam em seu dicionário. A ameaça de morte era clara também.

— Vou chamar o Matheus.

— Não! Ele nem pode saber que estou aqui! — Diana se levantou para ir embora e colocou a carta de volta no envelope, esquecendo-se do que falaram sobre impressões digitais.

Karol contou a ela que a professora Joana havia ligado para Matheus de manhã bem cedo.

— Será que era com o Matheus que ela estava falando aquele dia na igreja? — perguntou Diana, confusa.

— Claro que não! — disse Karol, convicta. — O Matheus nunca teve namorada. Nem quando era menino teve coragem de chegar numa mulher. Não tenho ideia porque ela está envolvendo o Matheus nisso. Para despistar, talvez?

— Não faz sentido — disse Diana.

— Realmente não faz.

Quando Diana se afastava, Karol gritou:

— Guarde bem esta carta porque ela pode servir de pista em algum momento, ou até de prova.

— Pare! — gritava Diana sem convicção entre gargalhadas, enquanto Karol esguichava a água da piscina molhando as duas.

— Ainda bem que a sua mãe trabalha à tarde para eu poder vir aqui escondida.

A água da piscina estava quase morna, e Karol entrou com grande estardalhaço. Virou de barriga para cima e ficou trafegando como se fosse uma baleia desnutrida, jorrando água.

— Como amo a sua piscina. Bem que o Matheus e a Marília podiam ter uma piscina em Alfombra Verde, mas duvido. Não imagino a Marília em roupa de banho. A sua mãe ainda acha que fui eu quem pôs cocô de cachorro na mesa da professora? Eu nem acredito que ela possa pensar isso. Pensei se valia contar para a sua mãe do telefonema, mas pode ser uma estratégia que se vire contra nós. Ela pode achar que estamos inventando e ficar pior ainda. — Karol, de olhos fechados, boiando de barriga para cima, ouviu o barulho de alguém pulando na água e continuou: — Eu nunca teria feito isso, nem pelo Matheus. Pensar que o Matheus me mandou fazer isso é tão absurdo quanto... quanto... Hum... Ah, me ajude, Diana. Qual a coisa mais absurda que você consegue pensar? — Silêncio. — É muito raro me faltar imaginação para algo... Uma coisa muito absurda. Di, me ajude a pensar. Di?

Karol estranhou o silêncio e se pôs de pé na piscina. A água estava parada e não havia nenhum sinal de Diana. Ela olhou em volta, chamou novamente e viu algo no fundo da piscina. Imediatamente, Karol mergulhou e trouxe Diana com dificuldade à superfície. Parte da água, que ela acabou engolindo no esforço, saiu com ardência por suas narinas.

— Di, pelo amor de Deus, acorda! Você não está morta, está? — gritou Karol, ao mesmo tempo em que seu coração acelerado causou um segundo de escuridão, o que a fez acreditar que também ficaria inconsciente.

Empurrou o corpo desacordado de Diana contra a borda da piscina.

Não desmaie, Karol. Não desmaie, disse Karol a si mesma.

Os trinta e cinco quilos de Diana brigavam com os menos de trinta quilos de Karol e não havia mais ninguém na casa. Os quilos de Karol perderam a briga e as duas foram empurradas para dentro d´água com força. Karol engoliu água.

Não vamos morrer assim, amiga do peito.

O desespero da garota estava aumentando, pois sabia que estavam sozinhas na propriedade.

Karol bateu no fundo da piscina, que não era muito funda, e usou do impacto para tomar impulso e empurrar Diana de volta para a borda. Água, taquicardia, esforço, água, uma batida e Karol se viu na borda da piscina com o corpo inerte de Diana.

– Socorro, alguém ajude – gritou Karol, sabendo que jamais teria força para tirar Diana de dentro d´água.

O portão da chácara se abriu, o que Karol interpretou, em meio a agonia, como algo mágico. Alguém veio gritando e segurou Diana. Tudo ficou escuro para Karol.

O toque leve de Marília na face de Karol a fez despertar em um grito seguido de um abraço e um questionamento desesperado:

– Diana? Ela está morta?

Marília assegurou Karol que Diana estava bem, mas no hospital.

– Se você está se sentindo melhor, vamos para casa.

E, virando-se para um cabisbaixo Matheus, disse:

– Matheus, pegue-a no colo e ponha no carro, por favor.

Karol se virou e viu Matheus no canto da sala de estar de Diana, rosto marcado pela preocupação. A menina se levantou e foi até ele, andando, embora um pouco cambaleante.

— Estou bem. Posso caminhar até o carro. Obrigada, Matheus, por ter vindo. — Abraçou-o. — E a você também, Marília. Estou me sentindo cuidada como nunca fui. Mas agora quero saber da Diana.

Um chazinho de camomila descia pela garganta de Karol, a qual estava dolorida pelo efeito do cloro. Karol já se sentia mais segura na cozinha de Alfombra Verde, sua casa.

Marília explicou o que ocorrera:

— A mãe dela confundiu o remédio da Diana com o remédio de baixar a pressão que havia comprado no dia anterior para a avó. Acabou dando a Diana por engano. Ela se deu conta quando já estava no trabalho e voltou correndo, mas teria sido tarde demais. Se você não estivesse lá, Diana teria se afogado. Como ela vomitou o remédio quando você a tirou da piscina, está se recuperando rapidamente.

— Eu... salvei a vida da Diana? Sério? — indagou Karol, encenando que estivesse se beliscando para ver se estava acordada.

— Deixe de ser teatral. Vá descansar no seu quarto, pois foi muito estresse para um dia só.

A doçura que Marília havia demonstrado minutos atrás se dissipava.

Karol dormiu por algumas horas, exausta pelos eventos do dia. Quando se levantou na hora do jantar, Marília falou:

— A mãe de Diana esteve aqui esta tarde, Karol. Ela queria falar com você, mas achei que não devíamos interromper seu sono de heroína. Ela disse que você salvou a vida da Diana e que está arrependida de ter se juntado à professora Joana na acusação. No fundo, nunca acreditou que tenha sido você ou o Matheus, mas se sentiu na obrigação de ser solidária com a raiva de sua melhor amiga. Matheus aproveitou para garantir a ela que não temos nada a ver com isso.

— Você disse a ela que a bisca tem um amante? Pode ser a esposa do meliante.

— Karol, não quero você usando este palavreado chulo e nem especulando na vida dos outros!

— Mas fomos acusados!

— A verdade sempre prevalece e não será diferente. Vamos aguardar e as coisas se resolvem. Já diziam as avós que quem não deve, não teme. Não vamos nos intrometer no problema que não fomos nós que criamos. Não quero mais ouvir este assunto da professora Joana nesta casa. — Para evitar que Karol iniciasse seu repertório argumentativo, Marília adicionou: — O Matheus levará você lá agora se quiser ver a Diana. Ela já voltou para casa, mas vai ficar de atestado por alguns dias. Que cara de boba é essa, Karol? Parece que está vendo o espírito de Jesus Cristo subir aos céus!

— Estou agradecendo que posso ver a minha amiga de novo — disse Karol embevecida. — Estou tão feliz que até esqueço que não sou bonita.

— Já te proibi de falar dessa forma de si mesma! — gritou Marília para uma Karol que já estava correndo em direção ao Fiat e nem ouviu.

A lembrança desses sofrimentos de adolescência, crescimento e aceitação não só doíam nela como a deixavam totalmente insegura em como agir.

Quando voltaram, Karol anunciou:

— Está diante de uma pessoa realizada. Hoje nem a dificuldade em arrumar meu cabelo indomável me deixaria triste. A mãe da Diana me beijou. Sentei-me na sala como se fosse uma adulta, sabia? Até o pai da Diana se sentou comigo. E não foi por causa do Matheus, porque ele nem entrou.

Karol olhou para Matheus que fazia uma cara disfarçada ante o espanto de Marília.

— Não se preocupe. Eu disse que o Matheus tinha me deixado lá e tinha ido à farmácia comprar um remédio. Ninguém notou.

— Depois fiquei com a Diana e ela me disse que contou à mãe que ouvimos a professora Joana falar com um homem no telefone. Ela me disse que a mãe dela está estranha com a professora, que a amizade delas ficou abalada.

Marília se levantou de modo abrupto.

— Não quero saber de fofocas e muito menos dessa mulher. Está proibido tocar no nome da professora Joana dentro desta casa. — E suavizou: — Estou feliz que a mãe da Diana permitiu que vocês sejam amigas de novo. Vamos esquecer todo o resto.

15

Karol ousa

A primavera chegou mais uma vez em Alfombra Verde. Incidentes foram esquecidos e a quinta série foi dominada; Karol e Diana passaram para a sexta série. Voltaram as camélias e a casa inteira ficou perfumada com a falta de controle de Karol, que diariamente se prometia não cortar mais nenhuma flor, mas não se continha.

Só mais uminha, convencia-se.

— Nunca tinha pensado que em outros países agora é primavera. Estamos aprendendo na escola que a Terra não forma um ângulo reto em relação ao plano da órbita terrestre em volta do Sol.

Marília olhou para Karol sem entender. A menina voou para a cesta de frutas. Os pequenos olhos de Marília ficaram grandes fitando as mãos de Karol explicando, usando uma maçã e uma laranja, a Terra e o Sol, respectivamente, porque quando no Sul era verão, no hemisfério Norte era inverno e vice e versa.

— Eu sou uma das melhores alunas da classe — disse Karol.

Marília sabia. As notas da menina eram invejáveis e ela nem via Karol estudando muito. Passava a maior parte do tempo com Diana ou no pátio de uma das chácaras. Mas parecia que a natureza afiava a inteligência da garota.

Durante a tarde daquele dia, Marília tinha sido sequestrada por uma enxaqueca atroz, que a prendeu na cama por algumas horas, sem chance de resgate. Karol ainda via rastros do torturador no rosto amassado de Marília.

— Queria ter tido essa enxaqueca por você — disse cheia de empatia. — Mas enquanto você dormia pensei uma coisa importante. Lembra do que aconteceu exatamente neste dia no ano passado?

— Não tenho a menor ideia.

— Há um ano, no dia de hoje, cheguei à Alfombra Verde com minha sacolinha no Fiat do Matheus. Pode não ser um dia muito especial para vocês, mas para mim foi o dia mais feliz da minha vida, ou melhor, logo depois quando decidiu ficar comigo há um ano — disse Karol, enrubescida. — Eu sou muito feliz aqui e espero que vocês não estejam arrependidos.

Marília viu vários sentimentos se avultarem, talvez ainda amplificados pela dor de cabeça já superada, mas não sabia nem lidar e nem demonstrar aqueles sentimentos. Na verdade, esse excesso a perturbava e, assim, a primeira coisa que lhe veio à cabeça foi mudar de assunto para retornar à zona de conforto.

— Vá chamar Matheus para jantar. Ele nunca lembra da hora.

Terminaram o jantar em paz, alheios ao fato que o dia seguinte traria novidades.

No dia seguinte, o burburinho chegou aos tímpanos de Karol e Diana antes mesmo de elas enxergarem a escola.

Um aluno havia encontrado uma caixa com uma boneca tipo Barbie no pátio da escola. A parte inusitada era que a boneca estava marcada com o nome de Joana e tinha o pescoço separado do corpo. Uma substância não identificada da cor vermelha cobria a região do pescoço.

Um colega, o único aluno que tinha uma câmera digital na escola e nunca se separava dela, havia tirado uma foto. Segundos depois, uma professora sequestrou a caixa. O menino estava rodeado de crianças que queriam ver a cena macabra. Não se falava em outra coisa.

— Ainda bem que chegamos depois, e ainda acho que a louca vai pensar que fui eu quem fez isso — falou Karol, roendo as unhas.

Uma amiga de Karol e Diana, Rúbia, aproximou-se para contar mais detalhes:

— Eu não vi a foto, mas me disseram que tinha uma notinha dizendo "Seus dias estão contados, professora Joana". E que tinha uma minifaca de plástico entro da caixa. E um vidrinho com uma caveira. Ai, me arrepiei toda. Será que a professora Joana vai ser assassinada?

— Quanta besteira — disse Karol, embora ainda com receio de ser acusada. — Essas coisas vêm naquele jogo de detetive, sabe? Ou outro brinquedo. Deve ser algum menino infantil fazendo piada de mau gosto.

— Seu comentário é sexista, Karol — criticou Diana.

— É verdade — admitiu Karol, enrubescida. — A gente nem nota. Esse tipo de pensamento vem de ouvir. Mas sexista ou não, eu pensaria num menino. Só não sei explicar o porquê.

— Havia a especulação de que foi feita por alguma menina porque era uma caixa de sapatos e estava forrada com um papel floreado — argumentou Rúbia.

— Vão liberar todo mundo de novo? — perguntou Diana.

Ninguém sabia, mas, em seguida, como imaginaram, todos foram liberados.

Chegou aos ouvidos das meninas que a professora teria ido à delegacia, junto com o diretor e mais algumas professoras, para fazer um boletim de ocorrência. Tratava-se de uma ameaça de morte e aquilo não poderia ser ignorado.

– Vamos andando antes que eu seja acusada de novo – disse Karol, apertando os olhos.

Diana e Karol começaram a caminhar de volta para casa como faziam diariamente. O que Diana não sabia é que Karol não voltaria para casa após a separação no caminho das duas. Karol não fez o caminho de volta para Alfombra Verde. Esperou Diana virar a esquina e deu meia-volta. Passou pela escola, com uma pequena culpa a consumindo como uma pequena chama de um isqueiro velho.

Tenho de fazer alguma coisa, pensou. *Ela vai me acusar ou Matheus, como fez da outra vez. Tenho de impedi-la de destruir a minha família*, considerou. *Vou seguir meu instinto. Tenho certeza de que essa bruxa está encenando a coisa toda. Eu sei. Eu sinto.*

A casa da professora ficava em uma rua sossegada logo atrás da escola. Depois de ter certeza de que não havia cães no terreno, Karol abriu o portão e entrou rapidamente para não ser vista. A porta de entrada ficava dentro da garagem, o que dificultava que alguém visse Karol da rua. Isso poderia ser bom ou ruim, dependendo do que fosse acontecer nos próximos minutos.

O plano não estava muito claro, mas tentaria a sorte batendo na campainha, correndo o risco que o marido da professora estivesse em casa e ela tivesse de inventar uma desculpa.

Estou vendendo uma rifa para ajudar uma coleguinha da escola que ficou doente, elaborou para o caso da porta se abrir. *O bloquinho de rifa? Nossa! Esqueci em casa. Que cabeça!*, escutando o som estridente da campainha.

O coração de Karol parecia a percussão de uma escola de samba.

Silêncio.

Tocou a campainha mais uma vez. Seus pulmões voltavam ao ritmo normal a cada segundo que passava sem que a porta se abrisse. Karol chegou imaginar um homem horroroso abrindo a porta, mas nada aconteceu.

E agora, Karol?, perguntou-se sem nenhuma ideia bem formada.

Colocou a mão na porta e tentou abri-la. Estava trancada. Olhou para a rua imaginando que um vizinho a flagrava no ato indevido, mas não havia ninguém.

Karol nem pensou. Seguiu um pequeno corredor rente ao muro que levava aos fundos da casa. Chegou a um pátio interno rodeado de muros altos. Algumas roupas estavam estendidas no varal. A casa tinha duas janelas. Uma com grade que dava para a sala, além da basculante do banheiro, e uma janela no prédio dos fundos, sem grades e com persiana a qual se encontrava fechada. Não havia possibilidades de entrar. Aquilo não espantou Karol. Apesar de Tatuí ser uma cidade pequena e relativamente segura, não era o caso de se poder deixar a casa aberta.

Karol começou a observar o que havia no pátio. Duas samambaias suspensas balançavam tristemente. A grama parecia precisar de um adubo, era esquálida e amarelada. As pessoas da casa não eram cuidadoras de jardim, com certeza. Karol pensou de novo que a professora e a mãe de Diana não combinam, vide o capricho investido no pátio da chácara Doce de Leite.

Uma enorme lixeira de latão chamou a atenção de Karol. Era tão grande que ela caberia dentro. Karol sentiu os pelos da sua nuca se eriçarem, e um medo estranho subiu por suas entranhas quando imaginou o marido da professora a surpreendendo. Viu-o dando uma pancada na sua cabeça e ela própria sendo jogada dentro da lixeira, a tampa sendo fechada sobre ela. Seu terror ficou palpável, era totalmente verdadeiro. Ela estava dominada por sua imaginação e sentia um pavor mortal. Imaginou a professora e seu esposo como assassinos em série que a prenderiam na casa.

O pavor deixou Karol petrificada.

Passaram-se alguns minutos, e, como nada aconteceu, a menina começou a sair do estado letárgico que o pavor causara. Foi até o corredor e enxergou o portão de entrada. Tudo o que queria era correr e abri-lo, mas a curiosidade sobre o que poderia ter no lixo foi mais forte e ela tirou a tampa, sendo de novo dominada por um grande terror.

E se a professora estiver morta aqui dentro?, pensou, mesmo sabendo que a mulher estava na delegacia.

Dentro do recipiente havia diversas coisas, papéis, jornais velhos, um saco plástico fechado que parecia lixo de banheiro e... pedaços de papel floreado. Karol sentiu um arrepio diferente dos que tinha quando achava um nome para coisas que amava. Era um arrepio de tensão.

No mesmo instante, ouviu um barulho de motor. Sem pensar duas vezes, rasgou um pedaço do papel que achou no lixo e colocou no bolso da calça. Quando resolveu correr até o portão, identificou um carro parado em frente à casa.

Pensa Karol, pensa! Ficar escondida no pátio? Não há onde se esconder, talvez atrás da lixeira, ou mesmo dentro, refletiu.

Vozes indicaram que pessoas entravam na garagem. A porta principal da casa se abriu. Assim que ouviu a porta se fechar, resolveu que não havia outra forma, senão sair o mais rápido que pudesse antes de ser flagrada em terreno alheio. Andou até o final do corredor, tentou ouvir algo, e nada!

Perfeito. Agora vaza!, ordenou a si mesma.

Com as pernas bambas, Karol foi andando quase que de costas para o portão da frente, olhando fixamente para a porta da casa, antevendo que se abriria e ela seria surpreendida. No entanto, chegou ao portão sem que ninguém aparecesse.

Abriu o portão e colocou o pé na calçada.

Seu suspiro de alívio foi interrompido por uma mão imensa que recaiu sobre seu ombro. Os olhos miúdos de Karol se chocaram com os olhos inquisitivos de um homem.

16

Karol fracassa

Marília estava no jardim podando algumas plantas quando viu o carro de polícia que adentrou a propriedade. O estômago embrulhou. Viriam falar com Matheus?

A sensação não melhorou quando o carro parou e um policial desceu com uma Karol tão pequenina que Marília se perguntou se ela teria diminuído de tamanho. Ela se levantou, limpou as mãos no avental e caminhou em direção a eles. O vinco no meio da testa e a expressão sombria a fez parecer mais velha do que era.

— Aconteceu alguma coisa? — perguntou, ofegante, no fundo sem querer saber a resposta.

Na verdade, o que realmente queria era que Karol fosse chegar em casa ao meio-dia como em qualquer dia normal.

Para uma coisa serviu o momento inesperado. Marília soube o quanto ela se importava com Karol e o quanto confiava que ela sempre faria a coisa certa. Entretanto, o olhar da garota voltado para o chão a intrigou. Antes de o policial dizer alguma coisa, Karol falou:

— Eu juro que não quis causar nenhum problema.

Os olhos de Marília se estreitaram.

O policial disse:

— Sua filha entrou em propriedade privada sem autorização. Gostaríamos de conversar com vocês. Chame seu irmão, por favor.

— Eu vou — disse Karol, que queria entrar em casa o mais rápido possível, sentir o cheiro das camélias no quarto, o cheiro do amaciante na sua fronha.

Estar segura.

Em seguida, estavam sentados na sala de estar sem a presença de Karol. Os dois agentes se acomodaram no sofá diante dos irmãos Koch.

— Vamos direto ao assunto. Karol estava dentro do pátio da casa da professora Joana sem ser convidada.

— Como assim? Ela não estava na escola?

Os policiais contaram todo o rebuliço da escola hoje, a caixa, a boneca.

— Sr. Matheus, a professora Joana o acusa. O senhor tem algo a ver com isso? Uma ameaça desse tipo é algo grave.

Matheus enrubesceu, mas Marília sabia que era de raiva.

— Lógico que não! — respondeu Matheus com a voz mais alta e incisiva que o normal. — Isso é uma calúnia e vamos processar essa mulher.

Marília se espantou com as palavras do irmão e o encarou boquiaberta. Não estava reconhecendo Matheus, mas estava positivamente surpresa. Quando se recuperou, completou:

— Exato!

— Vocês concordam que Karol ter ido até a casa da professora só reforça a narrativa da professora de que vocês a estão perseguindo? — comentou o outro policial, que ainda não havia falado nada.

Os irmãos se entreolharam.

— Não temos ideia do que Karol foi fazer lá. Não falamos com ela ainda. Vocês não perguntaram? — disse Marília.

— Ela nos disse que acredita que a professora quer incriminar Matheus e assim quis ir lá procurar provas. Certamente por ser criança não entende que isso não dá a ela o direito de invadir propriedade alheia.

Marília sentiu a raiva crescer e quando diria o quanto era ofensivo o que o policial sugeria, Matheus colocou a mão no joelho dela e disse:

— Vamos conversar com ela para entender o que houve. Continuo afirmando que não tenho nada a ver com essa mulher e que não sei qual interesse ela tem em me difamar, mas vamos resolver isso por meios legais. Podemos fazer mais alguma coisa por vocês?

— Instruam Karol a ficar longe da casa da professora Joana — disse o agente, despedindo-se.

Naquela noite, quando Marília foi até o quarto em que uma menina envergonhada estava deitada na cama, uma voz aflita perguntou:

— Eu piorei tudo, né?

— Você não deveria ter ido lá. Você poderia ter sido confundida com um ladrão. Poderia até ter levado um tiro!

— Eu tenho de provar que aquela mulher está fazendo tudo isso! Marília, por que ela quer culpar o Matheus?

— Você não tem que fazer nada. O Matheus é um velho teimoso que vai resolver isso sozinho. Ele é um adulto, Karol.

A menina pensou no pedacinho de papel que havia escondido no bolso. No dia seguinte, na escola, pediria ao colega para ver a foto que ele fizera da caixa e descobriria que era o mesmo design.

Naquela noite, olhando para Marília, a menina só conseguia pensar que Joana estava focada demais em acusar Matheus, e poderia seriamente fazê-lo.

— Ele é meu pai e não vou deixar que aconteça algo. Matheus é um querido e é inocente. Vou protegê-lo da "megera indomada". Você conhece a peça do Shakespeare? A peça se chama "A Megera domada", mas no caso da professora Joana ainda a considero indomada. Sempre acho graça de minhas próprias piadas. E você nem riu, Marília.

Marília continuava olhando para Karol com a seriedade que o momento requeria.

— O que você teria feito? — desesperou-se Karol.

— Nada! Não teria feito nada e confiaria em Matheus para resolver isso com a polícia. Ele não deve nada!

— E se eles acreditarem nas mentiras daquela mulher? É a palavra dele contra a dela.

— É necessário mais que só uma palavra para culpar alguém.

Mal sabia Marília que a professora era mais ardilosa do que ela esperaria.

17

Joana reaparece

Um mês se passou e o incidente da professora quase foi esquecido. Karol queria ir à polícia contar a história do papel, mas Matheus a fez entender que aquilo não provava nada e poderiam até gerar o efeito contrário. Se fosse para falar com a polícia, precisariam de provas concretas.

Karol e Diana aproveitaram o outono parte em Alfombra Verde, parte na chácara Doce de Leite. Era época de provas na escola, e a mãe de Diana preparou um local confortável no qual elas podiam estudar antes de serem liberadas para suas brincadeiras prediletas. A professora de inglês havia sido substituída, uma vez que a professora Joana pediu licença.

Tudo parecia perfeito.

Na nova professora, Karol encontrou uma amiga verdadeira e prestativa. Ela odiava as aulas de inglês da professora Joana, mesmo antes de tudo o que acontecera. Agora era uma de suas matérias prediletas.

O final de ano trouxe um boletim cheio de magnificas notas e elogios, e Karol já fazia planos para o Natal.

— Queria um Natal com neve!

— Neve? — Marília parou de descascar batatas para encarar Karol com olhos confusos.

— Sim. Você sabia que nos países do Hemisfério Norte é frio e neva? Vejo aqueles natais de filme, tudo branquinho, e fico invejando.

Nesse momento, Matheus entrou na casa com um presente nas mãos e largou em frente à Karol na mesa de centro da sala.

— Isso é para mim?! Oh, Matheus!

Ante os olhos horrorizados de Marília, a menina despedaçou o papel fofo, cheio de flocos de neve estilizados. Marília aprendera com sua mãe a tirar os papéis de presente com muita cautela de forma a reusá-los, mas não brigou com a menina.

Karol segurou o laptop reluzente, fitando-o com olhos mais reluzentes ainda. Olhou para ele em um silêncio reverente, as palavras se engarrafando em algum lugar.

— É um presente de Natal para você — Matheus falou, bochechas vermelhas. — Não gostou? Bem...

Os olhos de Karol de repente se encheram de lágrimas.

— Se eu gostei?! Oh, Matheus! — Largou o computador sobre a mesa e abriu a tela, a boca entreaberta. — Matheus, ele é perfeitamente bombástico! Oh, nunca poderei agradecer o suficiente... Parece um sonho.

— Isso é porque seu desempenho na escola é... bombástico.

Sorriu envergonhado com a própria piada e por usar uma palavra que não fazia parte de seu vocabulário natural. Assim que terminaram de almoçar, Diana apareceu. Karol começou a gritar e, sob o ar de reprovação de Marília, saiu ao seu encontro, desculpando-se.

— Fiquei tão apaixonada pelo computador que esqueci que não devo gritar, e sim ir até as pessoas e falar com elas de modo... civilizado.

O final da frase ninguém conseguiu ouvir porque Karol já estava distante.

Poucos segundos depois, uma criança extasiada e louca para mostrar seu novo brinquedo entrou tagarelando.

— Diana, é o computador mais estupendo da face da terra — gabava-se Karol, que sequer o havia ligado.

A tela se iluminou.

— Também tenho um presente para você — falou Diana, ofegante. — Olha...

Karol abriu a pequena sacola, amarrada com um laço. Dentro, achou um cartão onde se lia "Para Karol, Feliz Natal", o filme Peter Pan em DVD e um programa de computador para aprender inglês.

— Oh! — exclamou Karol. — Estou muito comovida. Estou sem palavras. Meu coração se colore, se eleva, se expande. Amo esse filme. Amo, amor arrebatado. A cena do dedal. Suspirarei em uníssono com a Wendy e o Peter. Ok, também gostei do curso de inglês, mas o filme... Oh, o filme. Não tenho palavras.

Assim que Diana se foi, Karol se deu conta de que houve um movimento orquestrado na escolha dos presentes.

Bom, é positivo que a mãe de Diana e Marília troquem informações, pensou.

Karol passou horas daquelas férias melhorando o seu inglês. O programa tinha animações e minijogos com palavras e, por vezes, Matheus a acompanhava. Colocavam o laptop na sala e Matheus se divertia tentando imitar as palavras de uma língua que soava estranho, exagerando a pronúncia até fazer Karol rir. Marília sabia que ele se orgulhava que Karol conseguia coisas que eles nunca tiveram a oportunidade de aprender, como, por exemplo, a falar uma língua estrangeira. Ela não se cansava de constatar como Karol tirava um "outro" Matheus de dentro dele.

O filme Peter Pan também virou *hit*. Marília por vezes pedia a Karol para colocar os fones, não aguentando mais as mesmas músicas e diálogos.

Uma outra coisa que marcou aquele verão foi a série CSI. As meninas começaram a se interessar pela série criminal junto com o pai de Diana, que não perdia nenhuma temporada. As mães foram reticentes, mas o pai insistiu que despertaria tanto interesse científico nelas como serviria para dar consciência de que o mundo podia ser perigoso. A classificação indicativa era de catorze anos, e as meninas se sentiam muito adultas por poderem assistir.

— Você vai ter medo à noite, Karol — disse Marília.

— Não vou, juro! Vou assistir com a Diana e o pai dela — alegava Karol, a rodeando como uma lua ao redor de sua terra. — O pai dela faz pipoca!

— Está me deixando tonta. Está bem, mas se ficar com medo não vou me importar. Aceito se combinarmos que antes de começar você e Diana vão fazer o curso de inglês.

Karol e Diana viraram fãs de CSI e Matheus buscava todas as noites uma menina papagaiando sobre técnicas forenses, exames de DNA e outras coisas que ele jamais havia escutado. Com a condição imposta por Marília, o inglês de Karol também evoluiu rapidamente e eles ouviram — para a admiração de Matheus e o senso crítico de Marília — relatos empolgados sobre as atividades escolares e seus resultados obtidos, assim que as aulas recomeçaram.

— Eu amo a professora Liana. Ela é superbonita e tem uma pronúncia tão diferente. Quando pronuncia meu nome, parece um nome chique: Carol! — Karol disse um “quero” com um U no final, enrolando a língua. — Que pena que daquela vez que arrumamos a capela, não a vi se casar.

Karol se jogou no sofá, braços acima da cabeça, sorriso relaxado.

— Hoje a gente aprendeu uma música. Queria muito que vocês estivessem lá para me verem cantar — disse Karol, levantando-se e usando uma banana como se fosse um microfone, fazendo os irmãos rirem de sua performance teatral. Cantou:

"Lord almighty,
I feel my temperature rising
Higher and higher
It's burning through to my soul"

— É do filme *Lilo e Stitch*. Fiz toda a classe se divertir com a minha performance.

Ninguém duvidou.

— Você pode cantar lá no galpão para as ovelhinhas. Vai que elas ficam mais gostosas — disse Matheus.

Karol olhou para Matheus, horrorizada.

— Como assim, *gostosas*?

Matheus imediatamente reconheceu seu erro.

— Desculpe, quis dizer mais felizes. Mais "gostosas" quer dizer mais "fofinhas" de abraçar. Esqueci que criamos as ovelhinhas até elas ficarem velhinhas.

Marília olhou para Matheus com ar de reprovação. Eles nunca tinham deixado Karol ver algum animal ser abatido, e as ovelhas eram vendidas sem que se discutisse o que o cliente faria com elas. Ambos sabiam que Karol não suportaria a ideia de comê-las e evitavam fazer a ligação da carne que comiam com os animais que vendiam, mas sabiam que um dia Karol faria a associação e agora temiam que esse momento estivesse próximo.

O silêncio de minutos foi preenchido pelo coaxar de alguns sapos à distância. Finalmente, Karol falou:

— Posso cantar para as minhas ovelhinhas, fofinhas, mas sei que não vou conseguir ser tão engraçada. Não vai ser tão emocionante como fazer toda a classe rir. — Mudando de assunto estilo Karol, ou seja, do nada: — Vou conseguir o filme *Lilo and Stitch* para a gente ver no meu laptop. Matheus, você quer ver comigo? Aprendi como fotografar o filme parado e transformar em um desenho para pintar. Temos aulas de informática na escola e estou aprendendo a fazer um monte de coisas legais.

Matheus olhava para Karol com um ar cético e impressionado ao mesmo tempo. Para os irmãos, aquela maquininha cheia de teclas, e especialmente o mouse, parecia algo vindo de marte, apesar de Karol ter tentado, sem sucesso, ensinar a eles como pilotá-lo. Matheus nunca conseguia entender as tais janelas que sumiam e ele não sabia mais onde encontrar.

Uma noite de abril, após o jantar, Karol metralhou:

— Lá na casa da Diana, o pai dela comprou uma conexão com a internet no telefone. Ele disse que é "banda larga". — Marília, sem paciência para coisas novas, levantou-se, levando as xícaras do café da noite junto consigo para a pia. — Um dia vou mostrar a internet para vocês. Tem tudo lá. Tem um monte de informação. Acho que um dia vou fazer uma página de internet para mim — disse Karol, pensativa.

— Você sempre cheia de ideias — disse Marília. — Li numa revista que nessa tal de internet tem coisas que não são boas para crianças.

— Todas as coisas servem para propósitos bons ou ruins. Veja uma faca. Posso usar para cortar pão ou para machucar alguém.

Marília fez o sinal da cruz.

— Credo, Karol. Agora estou assustada com essas ideias.

— Não, Marília. Quem tem coração bom, fará coisas boas com qualquer ferramenta, ou seja, com a faca e com a internet. Eu queria ter uma conexão porque sou a melhor aluna de informática.

— Está sendo vaidosa ao falar assim, Karol. É melhor deixar sua professora de informática julgar isso.

— Mas ela realmente disse isso, Marília. E não estou sendo vaidosa, de jeito nenhum. Como poderia ser, se sou tão ruim em geografia? Odeio decorar nomes de lugares ou tipos de vegetação. Sempre sou boa em algo que gosto e por isso a troca de professora fez tanta diferença. Eu odiava inglês, porque detestava a professora. Mas dizia o mesmo do inglês e aprendi como contornar, então vou usar isso em geografia e aí poderei garantir um futuro notável. Deve ser extraordinário ser notável e continuar tendo quem lembre de você mesmo depois de sua morte. Eu adoraria.

De repente, o som do telefone tocando no cômodo ao lado soou. Matheus as deixou conversando e foi atender.

— Bom, mocinha, agora está sendo mesmo vaidosa — prosseguiu Marília.

— Não necessariamente. Penso em ser uma médica famosa e salvar vidas. É uma forma de ser notável, mesmo que não lembrem de você depois. Ou pesquisadora e achar a cura para uma doença rara. Não é nobre? Tem tanta coisa nobre que nem consigo pensar em todas as possibilidades.

— Com a sua imaginação, consigo imaginar você escrevendo romances, isso sim.

— Ah, Marília, que ideia genial. Não tinha pensado nisso.

Marília sorriu internamente, uma vez que pensar algo que Karol ainda não havia imaginado era, no mínimo, inusitado.

Antes que pudessem continuar com a conversa, ambas se interromperam ao ver um Matheus branco como um copo de leite retornar.

— Fui chamado na delegacia. A mulher voltou.

18

Karol toma uma atitude

O advogado que o marido de Raquel indicou ligou para Marília.

— Ela deu um depoimento dizendo que Matheus esteve dentro da casa dela a ameaçando e que só fugiu porque um vizinho se aproximou.

— Quando? — perguntou Marília.

Karol viu o rosto de Marília se deformar em uma careta e quase arrancou o vestido dela, pendurada na manga tentando ouvir o que era falado do outro lado da linha.

— O advogado não estava confiante. Ela foi à delegacia hoje e prestou depoimento. Pediu que a polícia requeresse as imagens da câmera de segurança do posto de gasolina que fica na esquina da casa dela. Afirmou que isso coloca o Matheus na área — disse Marília, colocando o telefone de volta na estante e se sentando no sofá, as mãos dela tremiam.

— No posto? — disse Karol, pensando. — Ele pode ter ido abastecer.

Karol ficou em silêncio, pensando.

— Ela está armando tudo. Continuo firme na minha teoria. Ela deve ter visto o Matheus chegar para abastecer e usou o fato.

Essa mulher é ardilosa. Ela segue no firme propósito de nos atacar. Quase esqueci dela, porque saiu da escola.

— Pode até ser, mas é a palavra dela contra a dele. E, neste caso, ela é uma professora e Matheus só um velho sem instrução. Já imagino em quem vão acreditar.

— Não é uma questão de acreditar, só se pode prender alguém com provas. Onde está a justiça? Ela vai precisar mais do que isso. Não funciona assim. É uma cidade pequena. O fato de ele estar ali não prova nada. Não significa nada. Ah, mundinho injusto. Mas não triunfarás, megera! Estou alerta. Vou descobrir a verdade. Lhe desmascararei! Estou afiando minhas células cinzentas para um duelo.

Marília se levantou, incomodada. Alegou dor de cabeça e se recolheu.

Karol ficou sem saber o que fazer e resolveu ir até a casa de Diana para pensar em uma solução para inocentar Matheus. Ela não podia deixar que uma calunia acabasse com a família que ela tanto esperou para ter.

— Fique tranquila, Karol — disse Diana, abrindo uma lata de leite condensado para fazer brigadeiro de colher.

Diana sempre se sentia adulta podendo escolher ingredientes, ligar o fogão e fazer algo para elas sem supervisão. Era como ter de alguma forma uma autonomia gostosa, a parte boa de deixar de ser criança.

— Que bom que você mudou de ideia em relação aos brigadeiros — salivou Karol. — Ainda somos crianças e merecemos doces. Não quero ficar pensando nisso. Adoro chocolate. Adoro leite condensado. E os dois juntos: é adoração ao quadrado. Não! A potência de mil. Não é exagero. É divino, é fascinantemente aprazível, gostozérrimo.

— Odeio você que não engorda — destilou Diana, com um sorriso amarelo. — Vou fazer para você e só vou... digamos que... acompanhar.

Colheradas de brigadeiro quente se misturaram a conversas sobre a maldade da professora Joana, com quem a mãe de Diana acabou cortando relações depois dos incidentes.

— Diana, você guardou a carta que chegou até aqui?

— Sim, nós combinamos, lembra? Acho que a minha mãe ia jogar fora, mas guardei, e ela nunca mais perguntou.

— Pegue, por favor.

Diana se levantou.

— Espere. Põe a luva.

— Luva? — Diana viu Karol pegar a luva de borracha usada para lavar a louça e sorriu.

As duas meninas ficaram olhando a carta em cima da mesa, e Karol ficou em silêncio por tão longos minutos que Diana achou que ela teria batido o recorde mundial Karolístico. Finalmente, Karol desembuchou:

— Eles não acharam impressões digitais. Eu perguntei ao policial. Pelo menos nas outras cartas. Estou pensando em tudo o que já vi de técnicas na série e nada parece encaixar. Não vamos conseguir nada com o papel A4 que ela usou, e não escreveu nada. Espertinha.

— Você tem bastante certeza que foi ela mesma que escreveu a carta, não é?

— Tenho certeza. Só que ainda não descobri o que ganha culpando o Matheus.

— Ela ficava ligando para a casa de vocês. Acho que estava apaixonada pelo Matheus.

Karol pegou a panela de brigadeiro praticamente vazia e raspou a colher nos últimos resquícios, pensando.

— Eu acho mesmo é que ela queria usar o Matheus para despistar, caso o marido descobrisse algo. Vai saber...

Karol voltou para casa com o problema a rondando como um pernilongo chato de dia de verão. Acordou às quatro da manhã banhada em suor. Ela sonhou que a professora Joana lambia os selos e colava nas cartas, antes de colocar no correio.

Uma Diana grogue de sono teve de ouvir Karol, que entrou no seu quarto sem cerimônia. Em meio a uma enxurrada de palavras desconexas, entendeu que Matheus havia voltado para casa, mas estava sob investigação e que ele havia mesmo estado no posto.

— Claro que ele não esteve na casa da professora. Imagino que ela o viu no posto e assim teve a ideia de que era o dia de atacar. Mas sonhei com a solução. Só preciso da internet para validar.

— Karol, você tem uma cabeça estranhamente genial. Que história de sonho é essa?

Karol já havia ligado o computador de Diana e estava digitando, o som das teclas parecia uma metralhadora em ação. Sem entender nada, Diana entrou na ducha e quando voltou, Karol disse:

— Quero saber se é possível conseguir DNA da saliva de alguém que lambeu o selo da carta.

Diana se sentou na cama penteando os cabelos molhados, olhos arregalados.

— Será? Sim, a ideia é genial. Não tinha pensado no selo. Mas ela pode ter passado cola...

— Ou não — disse uma Karol, determinada.

Karol não conseguiu encontrar nenhum site que chegasse nesse nível de detalhes, mas chegaram a uma página de internet de uma perita criminal chamada Camilla.

— É ela, Di. Ela vai nos ajudar. — Karol se recostou na cadeira, um leve sorriso nos lábios. — Vou escrever um e-mail a ela e depois você me avisa se respondeu. – Karol foi até a janela e olhou para o horizonte. – Nunca mais dei nome às plantas. Vi que tem coisas novas no seu jardim. Tenho perdido essa ânsia de pôr nome nas coisas. Será a idade? Tenho me sentido diferente, ajudando o Matheus a não ir para a cadeia. Acredito que vou solucionar esse caso.

Diana também se sentia diferente. O corpo mudara, os interesses mudaram, mas elas mudaram juntas, e assim continuavam coesas.

– Tenho de dar um jeito de convencer Matheus e Marília a colocar internet lá em casa – disse Karol, jogando-se no chão como se estivesse morta de brincadeira.

Karol estava almoçando no domingo quando o telefone tocou e Diana quase gritou:

– Ela respondeu! A Camilla respondeu.

19

A perita Camilla entra no jogo

Karol estava fascinada pela frase na página da internet da perita Camilla Luz:

Sou menina, sou mulher, sou perita, sou o que eu quiser!

Marília e Matheus passaram o final de semana inteiro ouvindo sobre CSI, Camilla e testes de DNA, mas eles tinham aprendido uma coisa: a inteligência de Karol era afiada como um cutelo. Diana enviou um e-mail confirmando uma conversa entre eles e a perita para segunda-feira.

À tarde, um Fiat Uno com três almas preocupadas estacionou em uma rua tranquila na cidade de Tatuí. O prédio onde o advogado trabalhava e morava era o típico sobrado paulista: escritório embaixo, moradia em cima. Tratava-se de um sobrado estreito, nada apropriado para uma família.

Matheus pareceu relaxar um pouco.

— Pelo menos não é daqueles que atende em um prédio de vidro cheio de móveis cheirando a dinheiro — comentou, sarcástico.

— O marido de Raquel não nos passaria algo assim — disse Marília, que olhava para o rapaz que se dirigia a eles para abrir o portão.

O jovem imediatamente simpatizou com Karol.

— DNA em carta? A ideia é bem incomum, mas acho superinteressante. Resta saber se a perita nos diz que é possível.

Marília e Matheus se sentaram rígidos em um sofá de courino preto, fofo e baixo demais, enquanto experimentavam pela primeira vez na sua vida um telefone com função viva-voz.

Karol havia passado o dia todo fantasiando a Camilla, a menina que não quis ser bailarina. Karol não esqueceria daquilo por longos anos. Agora que ouviria a voz da perita, estava cheia de expectativas. A mulher perfeita do blog que ela havia encontrado na internet estava prestes a se concretizar em uma pessoa humana e iria tirá-los do perigo.

A conversa iniciou com as usuais apresentações e Camilla, com sua voz firme e cheia de autoestima, passou confiança às oito orelhas ávidas.

— Sim, é possível analisar o DNA caso alguém tenha lambido o selo. Não será conclusivo como prova contra a pessoa, mas serviria para provar que não foi nenhum de vocês.

— Hum — disse o advogado, pensativo. — Ela ainda poderá alegar que o Matheus pediu a alguém para lamber o selo, mas nos ajudaria.

— Quero lembrá-los que se ela foi ao correio. Ela pode ter usado aqueles pinceis de cola que ficam por lá e não ter lambido o selo.

— Não foi assim — disse Karol, sentando-se na pontinha da cadeira. Ela e o advogado estavam na mesa junto ao telefone. — Ela não correria o risco de ir ao correio e alguém a ver colocando as cartas. Ela usou até luvas. Não há impressões digitais na carta.

O sentimento de estar falando com uma perita e um advogado em pé de igualdade ficaria na memória de Karol para sempre. Sua primeira reunião. Parecia irreal. A menina se sentiu alguns centímetros mais alta do que era na realidade.

— Esperamos que esteja certa — disse Camilla. — Sua lógica faz sentido.

A perita explicou ao advogado quais exames periciais ele deveria peticionar. Antes de terminarem, Camilla trouxe um fato novo.

— Lembro a vocês que para poder identificar o DNA como sendo de alguém, é necessário ter uma amostra que seja dessa pessoa. Para comparar com o da professora, ela terá de concordar em disponibilizar amostras.

— O de meus mandantes não será um problema — disse o advogado. — Mas da professora, não sei. Ela pode se negar a cooperar. No Brasil, "nemo tenetur se detegere", ou seja, você tem o direito de não produzir prova contra si mesmo.

— Que absurdo! — disse Karol.

— Isso é um direito fundamental do cidadão, Karol e, acredite, na maioria das ocasiões faz sentido. Pode parecer estranho aqui em um caso isolado, mas é um princípio consagrado na convenção Americana de Direitos Humanos. O ônus da prova e a missão de desfazer a presunção de inocência em favor do acusado é do Estado.

— E se a gente conseguir o DNA dela sem ela querer. Pode? — perguntou Karol com olhos brilhantes.

— Karol, não me diga que está tendo "ideias". Você também já foi quase presa.

Marília, que estava sentada na beirinha do sofá, percebeu o olhar assustado da garotinha, provavelmente pensando que não imaginara que chegara a tanto, visto que crianças não poderiam ser presas, mas a senhora falara apenas para causar-lhe medo. Assim, quem sabe, Karol não se metesse mais em encrenca.

A perita Camilla se pronunciou, uma vez que o advogado não respondeu.

— Pode. Vou até passar para vocês o fundamento jurídico. Só me dá um minuto. — Após um curto silêncio, onde respirações ansiosas foram ouvidas, Camilla prosseguiu: – "Partes desintegradas do corpo humano: não há, nesse caso, nenhum obstáculo para sua apreensão e verificação (ou análise ou exame). São partes do corpo humano (vivo) que já não pertencem a ele. Logo, todas podem ser apreendidas e submetidas a exame normalmente, sem nenhum tipo de consentimento do agente ou da vítima" – narrou. – Posso passar as referências.

O advogado anotava tudo com ferocidade, o que indicava que ele não era especialista em processos criminais.

– "Partes desintegradas do corpo humano" soa bem macabro – comentou Karol com um sorriso encabulado.

– Entendo seu ponto. – Camilla riu. – Mas com certeza é onde a amostra de DNA se encaixa. Pode ser um lenço ou cotonete usado, uma bituca de cigarro, ou até um copo, no qual a pessoa bebeu água.

Agradeceram a perita pelo valioso auxílio, desligaram e a reunião continuou entre eles.

– Que moça maravilhosa. A Karol sempre acerta! Vamos mandar algum presente especial a ela pelo correio. Ela nem nos cobrou pela ajuda.

O advogado tamborilou na mesa, impaciente.

– Bom, acho que já temos uma linha de trabalho – disse.

– Não sei se entendi – disse Marília.

O advogado revisou toda a ideia com Marília e Matheus. Karol se levantou e ficou na janela pensando na estratégia para conseguir o DNA da professora Joana.

20

Um infeliz Peter Pan

— Claro que você é a Wendy — falou Diana a Karol. — Vamos ver quem se habilita para o papel de Peter Pan.

A professora Liana havia sugerido encenar uma cena em inglês e Karol imediatamente sugeriu a sua parte predileta: a cena do dedal, que culmina com a morte do capitão Gancho. As meninas conheciam a cena em cada detalhe.

Ninguém estranhou quando Gilberto levantou a mão. Alguns se entreolharam com um sorriso maroto. Karol parou de sorrir e cruzou os braços.

— Acho que a Wendy deveria ser outra pessoa. Ela é branca — disse Karol, sentando-se de forma abrupta com o grupo.

— Isso é totalmente irrelevante — disse a professora Liana, sem hesitar. — O Peter Pan do filme é loiro e Gilberto não. Os atores são de outro país e somos brasileiros, com certeza seremos diferentes. Somos todos misturinha de raças.

Karol se levantou com um suspiro. *Menino insolente*, pensou. Mas seus lábios não conseguiam impedir que o músculo risório se movimentasse com a expectativa da cena romântica.

O voluntário para o papel de Capitão Gancho se preparou como se tivesse no convés agarrando o pescoço de Gilberto. Ao mesmo tempo um colega segurava também Karol, que representava a Wendy.

– *You die alone... and unloved* – disse a professora Liana.

O menino repetiu e adicionou:

– *Just like me.*

Alguns olharam para o quadro onde o diálogo estava escrito. Haviam treinado. "Você morre sozinho... E sem amor". As glândulas não obedeceram Karol e transbordaram.

O colega que segurava Karol repetiu com uma maldade quase genuína:

– *And unloved.*

Diana olhava a encenação sem piscar. Elas haviam assistido o filme dezenas de vezes e essa cena foi especialmente repetida, sob olhos de meninas lacrimejando sobre as pipocas.

Gilberto se lançou ao chão em sincronia com o falso empurrão que o colega simulou. Logo seria a vez de Karol.

– *Nooo!* – gritou com toda a sua força teatral natural, o rosto desfigurado em um desespero quase real.

Ouviu-se ruídos de aprovação da "plateia".

Os olhos de Gilberto e Karol se enfrentaram, encarnando os personagens. Eles se encararam por lentos segundos e a plateia sequer respirava. A professora Liana, que também amava a cena, deu-lhes o tempo como se estivessem ao vivo.

O falso capitão Gancho ergueu seu braço para acertar Gilberto. Karol se libertou com um puxão e reprimiu o ataque. Agora, segundo a cena original, deveria empurrá-la para que ela forjasse a queda, como fez Gilberto. No entanto, eles se descoordenaram, Karol tropeçou e desabou descontrolada ao lado de Gilberto. Na queda, a ponta da cadeira e a testa de Karol colidiram em um beijo cruel. O sangue, que deveria estar fluindo quietinho nas suas pequenas veias, começou a sair por um pequeno corte, mas que sangrava em profusão.

Karol colocou a mão na testa e, ao ver o sangue, o mundo desbotou, um cheiro de maresia encheu suas narinas até desaparecer por completo junto com todo o resto da sua consciência.

Quando voltou a si, estava nos braços de Gilberto, que a levava para a enfermaria, seguido por uma Liana alarmada.

— Você está bem? — perguntou Gilberto com a testa franzida.

Ele a soltou gentilmente na cadeira da enfermaria da escola e tentou ajudá-la a sentar. Karol, desprezando a oferta de sua ajuda, colocou-se na cadeira sozinha.

— Estou muito grata — disse, sem conseguir esconder a arrogância em sua voz.

Gilberto se sentou na cadeira a seu lado, enquanto a professora chamava alguém para examiná-la. Os dedos ensanguentados de Karol pressionavam o ferimento.

— Karol — disse apressadamente. — Olhe para mim, por favor. Não podemos ser bons amigos? Desculpe se zoei de seu cabelo naquele dia, só tentei fazer uma piada. Seus cabelos são bonitos. Juro mesmo!

Por um momento, Karol hesitou. Sentiu-se hipnotizada pelos olhos de Peter Pan, que a fitava de forma tão intensa minutos antes. O coração começou a bater com um pulso esquisito, diferente do normal. Entretanto, a acidez de sua antiga mágoa endureceu sua determinação vacilante. A humilhação daquele dia invadiu sua mente e o sentimento que o acompanhou não era bom. Nunca o perdoaria!

— Não — disse ela, seca. — Jamais serei sua amiga, Gilberto. Não quero!

Os olhos de Gilberto escureceram e se apertaram.

– Tudo bem. Entendido. Não vou mais encher o seu saco. E também não estou nem aí!

Karol ficou sentada com a cabeça erguida, vendo-o se afastar. Um arrependimento misturado com uma raiva estranha, de quem queria que tivesse tentado mais, ficou no céu da boca. Era um misto que não conhecia.

Um ardor na parte debaixo das pálpebras anunciou que choraria. Choraria pelo corte profundo na testa, pelos segundos de olhar apaixonada na cena do Peter Pan e pela sua grosseria de havia pouco. Por não ter chamado Gilberto de volta e aceitado a amizade.

No pátio da escola, a menina, que acabara de levar um ponto na testa, deparou-se com Diana e outras coleguinhas. Uma delas roía as unhas.

– Você quase nos mata de susto! – disse Diana, jogando-se no pescoço de Karol e quase batendo na ferida recém-medicada.

Quando viram que estava tudo bem, uma das meninas não se conteve.

– Ser carregada nos braços por Gilberto é a coisa mais romântica que consigo imaginar, Wendy – disse com uma piscadela.

Karol fez uma careta, mas em seguida riu.

– Claro que você fez as pazes com ele, né? – confrontou Diana.

– Claro... – Karol deixou dois segundos de pausa para criar um suspense – que não!

Mãos de meninas voaram às bocas abertas.

– Como assim? – horrorizou-se uma delas.

– Enlouqueceu – disse a outra. – O menino mais bonito da escola!

— Sempre aprontando — disse Marília ao ver o enorme curativo. — Levou pontos?

— Só um — disse Karol, entrando para seu quarto onde chorou por meia hora.

Marília não permitiu que Matheus fosse lá amenizar.

— Deixe! Chorar é bom!

— Ninguém chora horas depois de levar ponto — disse Matheus, preocupado.

— Mulheres são esquisitas.

Matheus não duvidou. Muito esquisitas mesmo. Marília parecia saber o que Karol queria sem sequer ter perguntado a ela. Essa comunicação sem palavras que as mulheres pareciam ter era realmente algo que acreditava não poder entender. Mas não concordava que elas não explicassem aos não-iniciados que não conseguiam ler vento. Só reforçou o que sempre soube sobre mulheres: nada.

Meia hora depois, Karol saiu do quarto e reparou que o almoço de todos a aguardava. Pensou em dizer que podiam ter comido sem ela, mas percebeu que amou a deferência de seus pais e assim se sentou em silêncio.

Será que um dia você vai criar juízo, Karol? — queixou-se Marília, sob o olhar totalmente confuso de Matheus.

— Vou — disse uma garota resignada e de olhos inchados. — Aconteceram muitas coisas nos últimos meses e me sinto bem mais velha. Ontem tive até uma reunião com um advogado. Me dei conta que cresci. Pensei na minha vida de adulta. Pensei que um dia vou estar na vida sem vocês e não gostei. Pensei na polícia acusando Matheus. Pensei na perita Camilla, dizendo que nem toda menina quer ser bailarina, e me dei conta que vou ter de escolher uma profissão logo, logo. Tudo isso é muita coisa. Não sei se quero casar, ter filhos, uma carreira, ou tudo isso junto. Não sei se vou ser notável. Mas uma coisa aprendi com você, Marília, e é gostar da minha pele negra.

Matheus e Marília olhavam a crise de adolescência de Karol sendo dissertada com uma honestidade impiedosa, e a mulher se lembrou de ter sentido algo semelhante. De outra forma, com outros medos, mas ainda assim, similar. Lembrou-se de ter sofrido sozinha. Jamais teria dito isso a seus pais como fez Karol.

Lágrimas brotaram. Ela se levantou e recostou a cabeça de Karol contra seu torso.

Matheus viu as preocupações de Karol se dissiparem e, de novo, perguntou-se como as mulheres sempre sabiam o que fazer.

21

Karol assume o maior risco

Todos os avisos de que ela deveria ficar longe da professora, pois o advogado pensaria em uma forma de conseguir o DNA da professora, caíram no vácuo. Karol já tinha um plano.

Dois dias depois, uma Karol empapada de suor simulou, deitada em sua cama, tudo o que poderia dar errado: a professora Joana ter ido embora de Tatuí, o marido da professora Joana ser um assassino, e por aí afora. Karol se viu em pelo menos cinco episódios de CSI, ensanguentada, o pulso acelerado e a escuridão da noite completando o quadro. A única coisa que a alentava era o reconfortante cheiro dos lençóis.

Não posso deixar Matheus ser preso. Nunca tive um pai. Agora tenho um e ninguém vai tirá-lo de mim, pensou. *A realidade não é filme! Mas é o filme que está te dando as ideias, o resto também pode ser real.* Várias vozes dentro de Karol debatiam as mais variadas teorias até o esgotamento.

Por fim, o despertador tocou.

O muro do pátio da escola de Karol ficava atrás do prédio dos fundos da propriedade de Joana e ocupava toda a largura do terreno. Sendo assim, para acessar o pátio interno da casa da professora só havia duas formas: pelo portão da frente, como Karol havia feito da primeira vez, ou pelo muro lateral acessado através do pátio do vizinho. Ela descartou o portão de entrada, pois a professora estava de licença, ou seja, provavelmente em casa. A única opção era entrar pelo quintal do vizinho. Nem precisava descer no pátio.

O plano estava delineado, e as pernas de Karol, trêmulas.

Karol se escondeu ao fundo do pátio e esperou a campainha tocar. A multidão foi se transformando em alunos sentados em classes e a escola ficou silenciosa.

Ela chegou perto do muro e contemplou os imponentes dois metros com os quais o muro a recepcionou. Karol e seu corpinho de pouco mais de um metro e cinquenta foram até a árvore que lhe pareceu mais próxima ao muro. Muito distante.

Depois de duas voltas pelo pátio, sempre com risco de ser vista pelo diretor ou por algum outro funcionário que não estava em sala de aula, Karol chegou à conclusão de que não havia nada dentro do pátio que fosse facilitar a sua escalada em busca do DNA.

Dirigiu-se ao portão de entrada resignada. A única solução que restou foi a que ela não queria ir pela frente da casa. Na calçada, a lixeira na rua lhe chamou a atenção. Era verde, alta e possuía duas rodinhas para ser puxada como uma mala. A menina não teve dúvidas e, com a autoestima de um ator que acaba de ganhar um Oscar, pegou a lixeira e a rolou para dentro do pátio como se tivesse nascido para aquilo. *O segredo é parecer que estou fazendo algo natural. Se alguém tivesse me pedido, eu não faria cara culpada, assim vou agir como se fosse um pedido do diretor.*

A lixeira foi parar ao lado do muro. Depois de ter esperado por duas vezes que a faxineira da escola desaparecesse, Karol se evadiu com agilidade.

O pulso disparado carregou Karol com adrenalinas suficientes de forma que não perdesse tempo imaginando levar um tiro, ver o vizinho, cair um avião na sua cabeça ou algo do gênero. Em menos de dez segundos, ela, como se fosse um gato curioso, pulou com leveza na grama de um pátio que já era seu conhecido.

Entrou, mas não tinha um plano para sair. Voltar pelo caminho pelo qual viera não era uma opção. A sua imaginação borbulhante como uma banheira de hidromassagem enxotou os pensamentos sobre o problema futuro, para dar foco às maneiras de chegar ao que queria: o material biológico da professora.

Depois de uns trinta segundos agachada e alerta, Karol foi convencida que estava sozinha e ousou se esgueirar ao ponto onde havia ficado da outra vez. Sentou-se atrás da lixeira no chão e tentou fazer o corpo parar de tremer.

Esperou dois minutos e se certificou que o único barulho na casa era a televisão. A professora parecia estar em casa, e ela torcia para que estivesse sozinha. Aproximou-se da janela com todo o cuidado e avistou a professora sentada no sofá, costas para a janela, assistindo televisão.

Voltou ao seu lugar de origem sabendo que não haveria como mexer na lixeira sem que a professora ouvisse. Não restava outra opção. Teria de esperar o momento certo, o que aconteceu alguns minutos depois quando ouviu os passos da professora se afastando da sala e o som de um chuveiro.

Perfeito, pensou.

Sentindo-se completamente segura, abriu a lixeira. Largou a tampa de metal com muito cuidado sobre a grama e começou a revirar o seu conteúdo desagradável. Lembrou dos itens listados por Camilla e dos episódios de CSI e, assim, selecionou, em meio a muitas coisas imprestáveis, dois cotonetes usados, os quais armazenou cuidadosamente dentro do saco plástico que trazia no bolso. Para estar adulta e ser personagem de série, só faltava a trilha sonora.

Um barulho de bater de porta a fez perder a sua convicção de invencibilidade. A água ainda jorrava no banheiro.

Karol se jogou no chão atrás da lixeira de onde pode ver o marido da professora atravessar o pátio com um enorme martelo na mão.

Uma Karol tremendo, como se Tatuí estivesse sendo assolada por um terremoto, imaginou-se ensanguentada por uma martelada de um senhor colérico. Imaginou que sua falta só seria notada ao meio-dia, quando ela já estivesse desaparecida por horas. Karol rezou, todo o corpo contraído como uma ostra dentro de sua casca.

O marido da professora atravessou o pátio sem se virar, abriu a porta da casa dos fundos e desapareceu. Karol ficou parada com a boca aberta, perplexa.

A casa dos fundos tinha uma janela com persiana que estava fechada e assim que a persiana começou a se abrir Karol já havia disparado pelo lado da casa até o pátio da frente. Contra toda a lógica de que poderia ser vista por algum vizinho, abriu o portão e correu pela rua. Na esquina, teve de entrar no posto e se sentou em um banco que ficava em frente da loja de conveniência. Observou a câmera que filmou Matheus enquanto se acalmava. Começou a sentir o pulso reduzir.

E se estes cotonetes foram usados pelo marido da professora e não por ela?, pensou.

Mas era tarde para voltar atrás.

22

Dez dias de agonia

Marília e Matheus não conseguiram ficar furiosos com o presente de Karol. Eles jamais teriam concordado em deixá-la entrar na casa da professora, mas nesse momento a perspectiva de que os cotonetes trouxessem a inocência de Matheus apagou qualquer outra coisa.

— Karol, realmente espero que essa sua ousadia seja utilizada para o bem — disse Marília, quando Karol contou a aventura de entrar na casa de Joana mais uma vez, omitindo os detalhes mais sórdidos.

Matheus atravessou a sala e pegou o saco plástico com lágrimas nos olhos.

— Você correu um enorme risco por mim, minha filha.

O advogado recebeu as amostras e o laboratório sugerido por Camilla informou que o resultado demoraria dez dias, mas eles já poderiam determinar depois de cinco dias se o DNA do cotonete era de uma mulher.

Raquel e seu marido, Tomás, foram visitar os irmãos Koch. Marília queria agradecer de forma especial a ajuda com o advogado, então preparou um bolo enorme.

— Preciso reconhecer que você acertou com a menina — admitiu Raquel. — Notei que ela tornou vocês mais alegres. Esta casa remoçou com Karol.

— É verdade — disse Marília. — Não consigo imaginar nossa vida sem ela. Às vezes, me parece que esteve conosco desde que nasceu.

Raquel não pôde conter a surpresa ao ver a emoção brotar molhada nos olhos de Marília. Ela sabia que, não só era a primeira vez que presenciava tal reação, mas também que era um momento único.

— Depois que ela foi grosseira comigo, logo que chegou, falei para o Tomás: "essa menina vai dar dor de cabeça a eles. Escreva o que estou dizendo". Mas eu estava errada. Não tive a compaixão necessária para entender que ela estava chegando de um passado ruim. Estou arrependida de meus julgamentos.

O laudo trouxe uma certeza de mais de noventa por cento de que a pessoa que havia lambido o selo era mesmo uma mulher. Quando Marília anunciou, Karol se sentou no sofá e colocou as mãos atrás da cabeça.

— Eu sonhei pelo menos duas vezes que eles ligavam e diziam que o DNA era masculino e que eu voltava lá buscar outra prova. Eu voltava mesmo. Gostei de ter o coração brincando de ser martelinho de piano. Você sabia Marília que dentro dos pianos tem martelinhos. Eu vi um piano aberto uma vez na casa de uma colega. Eles batem nas cordas. Eu não sabia que piano tinha cordas. Foi um achado. Mas com coração martelando ou não, eu estaria pronta para voltar. Em busca da justiça e pelo bem da nossa família! — borbotava Karol.

— Eu iria lhe trancar no quarto e passar a chave — disse Marília, num raro momento de riso espontâneo.

Karol, alegre, sabia que esse riso era exclusivo para ela e que nunca nenhum estranho veria a Marília que era dela.

Os próximos cinco dias pareceram tão angustiantes a Karol quanto aguardar um arquivo, que ela queria muito, baixar na internet. Alguns filmes que ela e Diana tentaram acessar levaram três dias para chegar. O risco de faltar eletricidade no meio do processo as aterrorizando como um bruxo malvado. Tudo isso parecia pequeno perto da angustiante espera do resultado da perícia.

O laudo final apontou com razoável certeza de que o DNA da saliva presente no selo e o DNA do cotonete eram da mesma pessoa, a qual era com 99% de certeza uma mulher.

A evidência era suficiente para poderem agir.

23

A ciência entra no jogo

A polícia chamou a professora Joana e a confrontou com as provas laboratoriais trazidas pelo advogado.

— Encontramos o DNA de uma mulher que mora na sua casa nos selos da carta. Como na casa só habitam você e seu esposo, o laudo comprova com grande probabilidade que o DNA é seu — informou o policial, taxativo.

O rosto de Joana se avermelhou. Ela levantou a cabeça como se quisesse olhar para o policial de cima.

— Como você vai saber se o DNA é meu se não lhe dei nenhuma amostra? — refutou uma voz alterada.

— Professora Joana — disse o policial com toda a paciência que a profissão lhe ensinara. — Nós temos seu DNA e não tenho obrigação legal de lhe informar como o obtivemos.

Dando um pulo da cadeira, a professora se colocou de pé.

— Isso é um absurdo. Quem você pensa que é? Vocês colheram amostras de forma ilegal e me acusam! Vou ligar agora para meu advogado e abrir um processo.

O policial colocou com tranquilidade a cópia da lei em cima da mesa, para ser lido por uma Joana com um telefone ao ouvido.

— Não precisa ser advogado para entender a lei ou acreditar na polícia, mas fique à vontade se é esse seu desejo. Creio até que seja uma boa ideia ele estar aqui.

Joana leu o que estava sobre a mesa e, assim que o advogado atendeu o telefone, demandou que ele a acompanhasse no interrogatório.

O advogado chegou e os policiais observaram ambos discutirem estratégias na calçada em frente à delegacia. Dez minutos depois, uma outra Joana de olhos baixos entrou acompanhada do advogado.

— Ok, fui eu — admitiu, resignada. Os policiais já estavam esperando que o advogado a esclarecesse da falta de alternativa diante das evidências e a deixaram falar: — Meu marido é muito ciumento e por vezes abusivo. Ele começou a olhar meu celular e acreditar que estava tendo um caso. O que, claro, não é verdade. Isso foi por causa de uma vez que ele achou uma mensagem de um amigo de infância... — explicou Joana, contando uma longa história sobre um suposto mal-entendido.

Os policiais se entreolharam. Eles conheciam bem o que significava quando uma testemunha dava detalhes demais. Era o melhor detector de mentiras. Por outro lado, não estavam interessados em casos extraconjugais que eram, talvez, imorais, mas não ilegais.

Depois de uma longa excursão, Joana chegou ao ponto:

— Achei que se ligasse várias vezes para o Matheus, se me mostrasse muito interessada nele ele, por ser solteiro e tímido, ia morder a isca e passar a me ligar. Assim, se houvesse alguma cena de ciúmes, colocaria a culpa nele e meu marido iria atrás dele, me deixando em paz. Não que tenha algo a esconder, como já disse. Foi uma ideia estupida, admito. Mas estava desesperada. Ele pode ser bem agressivo, sabe?

– A senhora sabe que existe a lei Maria da Penha... – começou o policial mais velho, mas foi abruptamente interrompido.

– Óbvio que sei! Sou professora e não uma idiota.

O advogado os olhava resignado e encabulado.

Com a confissão, retirou as queixas formais de ameaça e Matheus foi inocentado.

24

Finale

O verão veio e foi.

A sétima série fez uma tal professora Joana ser totalmente esquecida.

Matheus procurou um filminho de criança ou adolescente com uma heroína negra para dar a Karol, mas não encontrou nada à venda. Matheus não sabia que a maior empresa de desenhos infantis só lançaria uma heroína negra em 2009.

Sobre o caso da professora, se existiu mesmo ou não um outro homem, restaram somente as desconfianças de alguns. Ela e o marido decidiram se mudar de Tatuí.

No aniversário de Karol, Diana e ela voltavam da escola tagarelando como sempre:

– Pense nisso, Diana: hoje estou fazendo treze anos. Já sou uma adolescente. Sei que é psicológico, mas acordei diferente. Você que já passou por isso, me diga... Muda tudo? Ninguém mais vai me aborrecer por minha fala eufuística.

Diana explodiu em riso.

– Eufuística? Nossa, Karol, agora você realmente se puxou.

— Será que a Marília vai me deixar usar batom na rua?

— Não creio! A minha mãe me disse que só com quinze anos — suspirou Diana, olhando para o céu com ar dramático.

— Tem um monte de meninas que já podem desde os doze. Cada casa tem uma regra diferente. O que não mudou é que ainda estou cheia de amor por Alfombra Verde, pelas ovelhinhas. A colina ainda é cheia de bolinhas, e ainda idealizo a princesa Catarina. Esse assunto de polícia foi legal, mas acho que prefiro castelos a delegacias. Não tem problema não poder usar batom, as princesas não tinham batom, mas coroas, e príncipes.

— Hum... namorar? — perguntou Diana com ar conspirador.

— A Marília não aprovaria de forma nenhuma. Ela acha que tenho de estudar e não namorar. Demorei para entender o porquê. Namorar e estudar me parecem duas coisas totalmente conciliáveis. Mas entendi. É que ela é antiga e, no tempo dela, namorar significava se casar e, como consequência, o marido não deixava mais estudar. Consegue imaginar isso?

— Não consigo. A minha mãe estava me contando que no passado as mães olhavam muito para o quanto o rapaz tinha de dinheiro e eu também achei horrível. Mas depois entendi. Como as mulheres não podiam ganhar dinheiro tinham de contar com o dinheiro do esposo. Já pensou a dependência? — disse Diana, séria.

— De qualquer forma, hoje temos escolhas. E não quero pensar sobre isso, Diana. Ainda temos tanto a viver na nossa infância.

— Tem razão, Karol.

— Além disso, é um ato bem altruísta o da Marília e do Matheus em relação a mim. Família é muito importante. Eu, que não tive uma, sei bem. Não como uma instituição que te controla, que te restringe, mas como um apoio, algo que está sempre ali. Mesmo que a Marília não me deixe usar batom ou namorar, sei que a intenção dela é das melhores e que, sempre no futuro, terei com quem contar e ela poderá contar comigo. Dá uma segurança que só quem foi órfão como eu sabe. A Marília tem o ponto de vista do tempo dela e cabe a mim entender isto, mas não necessariamente aceitar para meu futuro, mesmo assim podemos manter a amizade. Amigas não precisam pensar sempre igual.

Diana ficou pensativa.

— Vou tentar lembrar disso da próxima vez que eu ficar com raiva da minha mãe.

O sorriso das meninas foi síncrono.

— O Gilberto ainda não desligou de você. Só não vê quem não quer.

— Ele nunca! Você acha que não fico sabendo das "ficantes" — disse Karol.

— Não julgue. Você não acha que ele com treze anos vai ficar te esperando até os vinte e não vai ficar com ninguém? Jura? Ah! Achamos o seu nome gravado numa carteira na escola. Com coraçãozinho!

Karol pensou na cena do Peter Pan que ela perdeu por causa do desmaio. Ela não tinha certeza se desmaiou por causa do dedal ou por causa do mau jeito, mas tinha uma suspeita. Desde então, sonhava com a cena.

Ela não disse isso à Diana, no entanto. Apenas acrescentou:

— Isso é uma outra história.

Grupo Editorial
coerência

Esta obra foi composta na fonte ITC Legacy Serif,
tamanho 11 pt, e impresso em papel pólen bold 90g/m².
São Paulo, julho de 2021